"名著导读与鉴赏丛书"
荐读专家

施战军　《人民文学》杂志主编，中国作协主席团委员，中国小说学会副会长。曾任山东大学文学院教授、副院长，中国作协鲁迅文学院副院长。

张清华　北京师范大学文学院教授、副院长，北京师范大学国际写作中心执行主任，中国当代文学研究会副会长。

陈思和　复旦大学中文系文科资深教授，教育部"长江学者"特聘教授，教育部高等学校教学名师奖、鲁迅文学奖获得者。

李汉秋　著名人文科学学者，曾担任中国《儒林外史》学会会长、中国关汉卿研究会副会长等。

魏　建　　山东师范大学教授，山东师范大学文学院语言文学研究所所长，山东省中国现代文学研究会会长，国际郭沫若研究会执行会长。

王化学　　山东师范大学教授，山东省文史研究馆馆员，山东省外国文学学会副会长。

姜智芹　　山东师范大学文学院教授、博士生导师，山东省外国文学学会常务理事。

杨守森　　山东师范大学文学院教授、博士生导师，兼任中国文艺理论学会常务理事、中华美学学会理事、山东诗词学会副会长、山东省文史研究馆馆员等。

在20世纪中国新诗的地平线上,一个巨大的身影,穿过黎明的风,迎着太阳走过来了。他,就是当代中国有世界影响的大诗人——艾青。

《光的赞歌》雕塑

《礁石》雕塑

　　艾青文化公园位于浙江金华，由艾青之子、著名艺术家艾未未设计，运用现代艺术理念，把艾青的诗歌文化完美地融入公园中。公园中心广场主题雕塑《光的赞歌》，由36根1.2米见方的天然石柱按高度渐变排列组成，石柱最高达9.7米，一束霞光穿过廊柱，仿佛若干音符在其中跳动；与在同一条走线上的城防工程主题雕塑《礁石》融为一体，成为一件完整的艺术品。

名家荐读

闪烁着灵感火花的诗笔

杨守森

（山东师范大学文学院教授、博士生导师）

艾青是五四以来我国新诗史上卓有成就的诗人之一。自从 1932 年 5 月在"左联"的刊物《北斗》上发表了处女作《会合》之后，他便以整个身心倾入无产阶级的新文化运动中，写下了许多脍炙人口、动人心魄的诗篇。新中国成立以后，诗人虽被剥夺歌唱的权利达 20 年之久，然而这位有骨气的诗人并没有被压服。相反，由于生活的砥砺，诗人闪烁着灵感火花的诗笔更加犀利，政治热情更加饱满，歌声更加高昂，从而赢得了世界范围内越来越多读者的拥戴。诗人成功的原因是多方面的，高妙的诗歌艺术形象创造乃重要原因之一，具体表现在以下三个方面。

一、有形体与无形体的形象创造

依据取材特征，在诗歌作品中，常见有形体的形象创造与无形体的形象创造两种类型。在这两种类型中，我们都可以看到艾青的匠心独具、诗性智慧与独特的想象创造。

1. **有形体的形象创造**，即诗中呈现的是可见的现实生活场景与事物，诗人的创作动力源于外在客观世界的刺激。在艾青这类作品中，其诗性创造表现在：诗人不是将外在事物激起的情感波动直接地表现给读者，也不是将感觉还原为感觉，而是经过精心的选择与组合，通过融汇着诗人真切情感的意象构成的艺术形象，说明世界、传达感情、感染读者。

《透明的夜》是诗人早期的一篇作品，诗中描写了在"狗的吠声，叫颤了满天的疏星"的夜景下，一群"从各个角落来的""夜的醒者"的活动。他们中有醉汉、浪客、过路的盗、偷牛的贼……他们酗酒、咬牛骨、放荡地笑……这些农村的现实景象触动着诗人的感官，然而诗中却没有作者慨叹、评价之类的主观性文字，而是予以精心地"抛弃、拣取"，通过特定意象组合，构成了一幅动荡之夜的形象画面。诗人的目的在于通过这幅形象之媒介，传达动荡不安的情绪给读者。半个多世纪之后的今天，我们捧读这首诗，立即便可以唤起我们对于一个早已逝去的噩梦的回忆，从而使我们倍加珍惜今天平和的生活，并为保护和发展这生活而斗争，这就是诗的力量。

2. **无形体的形象创造，即诗中呈现的不是可见的具象事物，其诗艺形象是诗人为其激荡于心中、不吐不快的情愫，找到的与之和谐的附着物，是"缘情找景""缘情造景"的结果**。在中国人民遭受三座大山沉重压榨的岁月里，诗人看到了人民中潜在的不甘忍受凌辱的反抗力，对祖国的命运满怀着再生的希望。但是，这样的情愫如何通过一个具体可感的形象表现出来呢？为了找寻这一情愫的外壳，诗人或许曾一度苦恼过，后来，终于在"煤"身上得到了启示，于是，便有了《煤的对话——A‐Y.R.》这样一首优秀诗作：

你从什么时候沉默的？

从恐龙统治了森林的年代

从地壳第一次震动的年代

这是煤的命运，字面的背后显示的却是中国人民千百年来备受压榨的命运。

你已死在过深的怨愤里了么？

死？不，不，我还活着——

请给我以火，请给我以火！

一旦送来革命的火种，人民这块"煤"就将马上燃烧，这就是诗人的坚定信念。也许正是这种信心，支撑着诗人高唱着《向太阳》《火把》《黎明的通知》，战斗在新民主主义革命的行列里。

"党所领导的革命事业"，这是一个更为博大宏阔、难以具象把握的对象，诗人却恰到好处地找到了"太阳"这一客观对应物：

当它来时，我听见

冬蛰的虫蛹转动于地下

群众在旷场上高声说话（《太阳》）

诗人没有正面描写地平线上出现的太阳是多么温暖明亮，却用笔尖挑开地层，写了转动于地下的虫蛹，继而转向广场，写下了群众高声说话的场面。作者似乎在故意绕圈子避开他要讴歌的对象，实际上，这种"避近就远"的手法，恰恰收到了"事半功倍"的效果。如果诗人一味写太阳的温暖明亮，恐怕写上许多也不易准确表达出早春太阳的特征。而通过"冬蛰的虫蛹转动于地下"这样一个典型细节，便可让读者如同亲身经历般感受到了早春太阳的热力；通过"群众在旷场上高声说话"的场面，写出了人们迎来早春太阳的兴高采烈的心情，从而形象化地表现了革命事业给人民带来的希望。

如果从艺术手法上分析，这类作品一般是通过象征手法构成的。所以，诸如"黎明""春""电""光"之类因非具象而尤具象征空间的事物，往往被诗人拿来作为寄寓较为复杂情愫的对象。这些事物，因其空灵，诗人倒恰可按照自己寓情的需要，进行更为自由的想象创造。这类作品我们可以《光的赞歌》为代表。

"光"无形无体，嗅不到，抓不着，听不见。"可望而不可即，漫游世界而无形体"，但在诗人的力作《光的赞歌》中，却成为"胸怀坦荡、性格开朗、只知放射、不求报偿、大公无私、照耀四方"的可亲可敬、令人向往的诗化形象。透过诗人形象化的创作，我们看到了"光给我们以热情/创造出不朽的形象""一切的美都和光在一起""从不喧嚣、随遇而安/有力量而不剑拔弩张"这样一些"光"的神态特征，以及诗人对历代暴君、奸臣仇恨光、"千方百计想把光监禁"的罪恶之控诉，对光源之一的火被盗出天庭的历史之追溯，让我们自然地联想到了人类社会发展史上不屈不挠的真理之光。正是透过诗人横的细腻刻画和纵的磅礴放歌，光——这一真理的象征，便活灵活现地跃动在我们眼前了。这个形象，无疑凝结了作者对人类社会发展的多年的思考和探索，高度概括了人类自有文明史以来，围绕着真理所进行的一次次斗争，揭示了"真理不可战胜"这一历史发展的本质规律。

二、富有创造力的艺术笔法

艾青是一位富有创造力的诗人。为了把笔下的诗艺形象呈现得鲜亮动人，诗人根据不同情况采用了多种艺术笔法。

1. 他有雕刻家的才能，能够用雕刻刀般的笔力，把要描绘的对象在一定的背景上浮雕般刻画出来，让你从棱角分明的雕像及其环境气氛的烘托中感受到个性的力量。

请看这样一幅以大海为背景的礁石雕像图：

一个浪，一个浪

无休止地扑过来，

每一个浪都在它脚下

被打成碎沫、散开……

它的脸上和身上

像刀砍过的一样

但它依然站在那里

含着微笑、看着海洋……（《礁石》）

诗人欲写礁石，先从浪花落笔。首先通过无休无止进击的浪花都被

"打成碎沫、散开"的下场，映衬了礁石傲然崛立、无所畏惧的神态，继而再调转刀笔进行了正面刻画："它的脸上和身上，像刀砍过的一样"，让读者清晰地看见了由于海浪日久年深的冲击，礁石上留下的一道道浅浅深深的伤痕，而每一道伤痕都凝结着一个痛苦的斗争过程，"但它依然站在那里，含着微笑、看着海洋……"这是多么令人起敬的个性！读完全诗，一个具有坚定的信念和崇高的信仰、虽处风云动荡之中却又百折不挠的人格形象呈现眼前。

2. 通过典型化意象的罗列，突显与丰满诗艺形象。

大堰河，是诗人精心塑造的勤劳坚强、仁慈善良、贫苦而又不幸的农妇形象。在刻画时，诗人更多依靠的便是筛选过的意象的罗列：

她含着笑，洗着我们的衣服，

她含着笑，提着菜篮到村边的结冰的池塘去，

她含着笑，切着冰屑窸索的萝卜，

她含着笑，用手掏着猪吃的麦糟……（《大堰河——我的保姆》）

诗人不发一句议论，只把这样一幅幅生动的画面客观地呈现给读者，然而"此处无声胜有声"，正是在这样一些看上去似乎是机械罗列的画面上，注入了作者的无限真情，从而构成了动人心魄的大堰河的形象。这种意象罗列的好处在于让读者感到如同一位知己正向自己痴情地倾诉心曲，同时在语言形式上形成了一种回环韵律美，读来倍觉亲切。

3. 为了把艺术形象刻画得更加鲜亮动人，诗人还极善于运用独创的对比手法。

作为地主家的女奴隶的大堰河，作为一位受尽人世生活苦酸的农村妇女，她的命运的悲惨是不言而喻的。但艾青在描写时，却一口气连用了六个"她含着笑"的排比句，读者不难体味到：这是凄惨的笑，这是酸楚的笑，这笑里饱含着人物的多少忧虑和愁苦！为了免除被解雇的命运，为了养活骨瘦如柴的婴儿，她不得不忍辱吞恨、强撑笑脸为主子操劳！这"笑"

字,凝结着诗人多少同情和不平的泪渍啊!

一个多么舒服,

却在不住地哭;

一个多么可怜,

却要唱欢乐的歌。(《一个黑人姑娘在歌唱》)

这个20世纪50年代"给人看管孩子"的黑人姑娘的"歌",不就是30年代中国的大堰河的"笑"吗?!这种"以乐景写哀,以哀景写乐,一倍增其哀乐"(王夫之《姜斋诗话》)的艺术手法,在艾青这儿得到了充分的生发与创造,把水火不相容的事物相互矛盾的两个方面"沟通"联系起来,合乎情理地"固定"在一个形象上,使之亦达到"以乐写哀、倍增其哀"的艺术境界,给读者以撼动心魄的力量。

4. 艾青还十分注意用色调、光彩以及构图线条的安排来加强其艺术形象的鲜明性,这或许得益于诗人早年的美术素养。

为了表达对自己乳母大堰河的深切怀念,诗人这样写道:"写着一首呈给你的赞美诗,呈给你黄土下紫色的灵魂。"在画家那儿,紫属红、蓝合成的暖色,但这暖色却没有同属暖色的黄的轻俏明快,也没有红的鲜亮耀眼,而是于温煦之中又给人以沉郁压抑之感。所以在这儿,诗人用来修饰自己深爱着的和蔼可亲却又命运悲惨的大堰河的"灵魂",是多么得体!读这首诗,我们甚至可以想见,这一个"紫"字或许是诗人几经推敲才写到稿纸上的。

在《雪落在中国的土地上》一诗中,诗人首先刻画了一个夜下赶车奔走的中国农夫的形象。接着,又写了河中破烂的乌篷船里一个蓬发垢面的少妇的形象。这就使整个画面中出现了男人、女人,旱路、水道,车、船两两对称的人和事物,从而给人更为完整鲜明的形象。这种结构方式除了借鉴于中国古诗的对仗之外,与美术创作中构图要求匀称的美学原则也是有着内在联系的。

三、个人情感与时代的融合

诗是感情的结晶,诗人自己曾说"个人的痛苦和欢乐,必须融合在时代的痛苦与欢乐里;时代的痛苦与欢乐也必须糅合在个人的痛苦与欢乐中"(艾青《诗论·眼役》)。艾青之所以能够获得诗歌创作的重大成就,得到广大读者的爱戴与尊崇,重要原因也正是在于他能够把个人感情与人民的时代的感情糅合在一起,统一在所创造的得体的诗艺形象之中。

诗人在经过长期的被禁锢之后,于1979年写下《盆景》一诗,其中沉痛地写道:

　　它们都是不幸的产物
　　早已失去了自己的本色
　　在各式各样的花盆里
　　受尽了压制和委屈
　　生长的每个过程
　　都有铁丝的缠绕和刀剪的折磨
　　……
　　像一群饱经战火的伤兵
　　支撑着一个个残废的生命

盆景,这本来是园林工人高超的艺术创作,可以供人赏心悦目,给人以美感享受。然而诗人眼中看到的却是这样一幅伤痕累累、惨不忍睹的"伤兵"形象,借以愤怒控诉"四人帮"的专制暴行,无情地鞭挞了极左路线。这一切,正因诗人自身饱尝了这种"压制和委屈"的痛苦,所以才会有如此沉痛的感慨。诗人的感情与人民的时代的感情无间地融为一体了,因而他的诗也就成为那个时代人民的代言。

在民族解放战争的岁月里,也正因为艾青是通过自己的独特感受去反映那个波澜壮阔的伟大时代的,因而他的诗中充满了激动人心的力量,留

7

下了伟大时代的音响。但也有不少人指出：在艾青的某些早期作品中，总是蕴藏着一种深沉忧郁的消极感情。这种忧郁，也的确成为作者当时作品的一种感情色调，以不同的表现形态萦回在他的不少诗篇里；但应当指出，这种感情色调，同样绝不仅仅属于他个人，而是具有强烈社会意义的。在那样一个战火纷飞的年代里，党所领导的革命还在艰难地进行，人民还没有看到胜利的曙光，他们在奋起抗争的同时还有忧郁是很自然的，实际上，艾青诗作的忧郁正是人民的忧郁一面的反映。同时，我们还应该看到，艾青诗作情调的忧郁，绝不是冷漠的哀愁，而是热切的思虑；不是退让的叹息，而是进攻的准备。所以，当党所领导的抗日统一战线的建立给诗人"带来了灿烂的明天的最可信的音讯"的时候，诗人有点儿狂欢了，热情似火般地燃烧了："今天，我想到山巅上去，解散我的衣服，赤裸着，在你的光辉里沐浴我的灵魂……"（《向太阳》）这是多么欢畅的歌唱！多么热烈的追求！

　　正因艾青诗作中的形象不仅得体地表现了作者的思想感情，而且这感情与人民、与时代始终保持了高度的统一，因而它是成功的，它使艾青的作品获得了艺术表现上的持久生命。

目 录

三十年代

透明的夜 ··· 1

面对残酷的现实世界，诗人那抑制不住的满腔悲愤，像郁积的地火从心中突然喷发。诗人以"过路的盗"和"偷牛的贼"等血刃般锋利的语言，挥写下野性的火辣辣的诗行。

大堰河——我的保姆 ··· 5

在狱中的诗人第一次用"艾青"这个笔名，激情澎湃地挥笔写下了这首赞颂劳动人民、诅咒黑暗世界的诗篇。

太　阳 ·· 11

追求光明是艾青毕生的奋斗目标，这首《太阳》便是他最早写下的关于太阳的诗篇。

煤的对话——A—Y. R. ··· 13

本诗采用通篇对话的方式来展示中华民族不甘屈辱、自强不息的内在精神，表达诗人对祖国深沉而热烈的爱和对祖国再生的强烈愿望。

黎　明 ·· 15

本诗通过"我"来写"我"与黎明的关系，以"我"对黎明的感悟来讴歌黎明。

复活的土地 ·· 19

艾青在沪杭路车厢里写下这首《复活的土地》，表达了自己对国家、对革命、对人民美好前景的向往，对中华民族的觉醒充满信心。

雪落在中国的土地上 ·· 22

本诗通过描写大雪纷扬下的农夫、少妇、母亲的形象，表现了中华民族的苦痛与灾难，展现了旧中国的图景，表达了诗人深厚的爱国热情，以及深沉的忧患意识与赤子之心。

手推车 ·· 27

  1938年初，艾青为民族解放战争所振奋，从南方来到北方。在北方，他看到了抗战的持久与艰巨，也目睹了黄河流域民生之多艰，诗人于是创作了这首诗以表现北方农民在战争年代的艰苦。

北　方 ·· 29

  寒冷的冬天，诗人途经陕西潼关，面对荒凉的村庄，饿殍遍野，人民生活在苦痛中。一位科尔沁草原上的诗人对艾青说的一句话，更加触发了他的思绪，使他写下这首诗。

向太阳 ·· 34

  艾青从战火蔓延的北方回到武汉不久，以激越而丰厚的情感创作了长诗《向太阳》。诗作以"太阳"象征中华民族在抗日烽火中的新生，抒发了诗人对光明的渴望与追求。

黄　昏 ·· 53

  艾青曾辗转于西北黄土高原，目睹和体验了这片广袤而贫瘠的土地上北方农民的苦难生活，从而创作了一系列的作品，这首诗就是其中之一。

我爱这土地 ·· 55

  在国土沦丧、民族危亡的关头，诗人满怀对祖国的挚爱和对侵略者的仇恨，借由鸟儿嘶哑高歌的形象，写下了这首洋溢着真挚爱国之情的诗。

马　赛 ·· 57

  马赛，这座法国的港口城市，曾经有过光荣。然而，后来它堕落了。诗人直率地毫不客气地对它提出了指责和诅咒，这是为什么呢？

四十年代

刈草的孩子 ·· 64

  在乡村环境下，在民族存亡斗争激烈的背景下，诗人的心灵关注到了普通百姓的生存命运。

旷　野 ·· 66

  "我始终是旷野的儿子。"诗人以他那细致而准确的笔触，在我们面前展开了一幅生动凄苍的农村图画。

目 录

冬天的池沼 ·················· 73
　　抗战期间，诗人目睹国内人民的苦难，更是心有忧郁，因而作此诗。

解 冻 ·················· 75
　　当时的国家正处于民族存亡的重要时刻，诗人的心情可想而知：渴望土地的解冻，人民的苏醒，民族的解放。

树 ·················· 78
　　本诗写于1940年春天，此时抗日战争正转入艰苦的相持阶段。这场民族战争正给予全体人民一次洗礼，艾青正是深切地体察到了时代和社会脉搏的动向，意识到了民族的觉醒已经到来。

火 把 ·················· 80
　　1940年前后，抗日阵营之内出现了严重危机，群众性的民主运动由此爆发，对这股反动逆流进行了广泛的斗争……有很多青年在《火把》的鼓舞下，走上了革命的征途。

旷野（又一章） ·················· 123
　　诗人怀着深深的忧郁，描绘了旷野上的凋敝景象，字里行间抒发着激愤之情。

公 路 ·················· 129
　　艾青走在中国西部高原新开辟的公路上，内心是激动的，情绪是高昂的，感情是炽烈的。

给太阳 ·················· 134
　　1941年3月，艾青奔赴延安，写下了这首抗日战争时期最重要的优秀诗篇《给太阳》。

时 代 ·················· 137
　　艾青的诗，充满对光明、理想和美好生活的热烈追求。本首诗集中体现了艾青这一时期诗歌的特点，读后让人热血沸腾。

村 庄 ·················· 140
　　本诗以出身于海滨省份村庄的"我"的视角，写出了对城市的向往和追求，并观察到当时村庄的悲剧，写出了自己的忧虑和希冀。

黎明的通知 ·· 144

　　艾青以诗人特有的感知，觉察到了即将到来的黎明。诗人是破晓之前的雄鸡，呼唤全国人民起来，准备迎接胜利的伟大时刻。

献给乡村的诗 ·· 148

　　艾青在延安想起家乡的那些树，家乡的那些人，家乡的山山水水，让诗人再也抑制不住。于是情感如滔滔江水，一气呵成，完成了《献给乡村的诗》。

五十年代

春姑娘 ·· 153

　　在《春姑娘》这首诗里，作者表达了对春天到来的欣喜和愉悦，更表达了对新中国的春天的无比期待。

一个黑人姑娘在唱歌 ···································· 157

　　诗人对不公世界进行了揭露和控诉，对不人道的种族歧视进行了谴责。

礁　石 ·· 159

　　在《礁石》一诗中，诗人由衷地赞美了坚忍顽强的生命力，也为当时身处苦难中的祖国人民擂响了战鼓。

启明星 ·· 161

　　这首诗是一首追求光明的赞歌。诗中启明星是迎接光明的使者，以自身的光亮和坚守的姿态告诉人们：黑暗终将褪去，光明一定会到来！

下雪的早晨 ·· 163

　　看到飘飞的雪花，诗人写下了这首诗，表达了对无忧无虑的生活的向往和追求。

烧　荒 ·· 166

　　1958年4月，艾青赴北大荒农场农垦。在农场期间，他写下《烧荒》这首诗，抒发了他的感受，发出了时代的呐喊。

目 录

七十年代

鱼化石 ·· 168

　　1978年，阴霾一扫而空，艾青重返诗坛，久被压抑的情感澎湃高涨，他在鱼化石上找到了流溢之口。

光的赞歌 ·· 170

　　这首诗是艾青过去20年来在"光"的指引下对历史、人生和社会思考的结晶，传达出他在新时期重获生存和创作权利后要倾力创作的心声。

盆　景 ·· 184

　　诗人由盆景联想到自己20年来的苦难及社会状况，由此将复杂的情感融入眼前之物，写下此诗。

盼　望 ·· 187

　　每个人，都可能有自己的人生航程，一个目标达到了，又要去追求另一个目标。每一个人都是海员，每一个人都希望"出发"和"到达"。

古罗马的大斗技场 ···································· 189

　　那些墓碑似的断垣残壁，古罗马时代那凶残、嗜血的一幕幕，使诗人不能平静，甚至压得他透不过气来……

希　望 ·· 198

　　诗人充分发挥了自己的想象力，把"希望"具体化，传递的道理朴素而深刻，充满希望。

镜　子 ·· 200

　　每个人都能从镜子中照见自己，照见自己的美，照见自己的丑。而镜子有时却因自己的真实记录，遭到毁灭。

墙 ·· 202

　　本诗为艾青1979年访问柏林后，在东德所作。其中浓烈地透露出艾青对东西德意识形态壁垒的愤怒隐喻以及对冷战的焦虑。

三十年代

透明的夜

导读 1932年9月,年仅23岁的艾青因从事革命文艺活动、发行反对帝国主义的美术画报等宣传品而被捕,被监禁在上海一所看守所里。面对严酷的现实世界,诗人那抑制不住的满腔悲愤,像郁积的地火从心中突然喷发。他向铁栅外的世界呐喊,以"过路的盗"和"偷牛的贼"等血刃般锋利的语言,挥写下野性的火辣辣的诗行。全诗涌动着热烈的气势,对于当年苍茫而寂静的诗歌领域无疑是一次猛力的冲击。

一

透明的夜。[1]

……阔笑从田堤上煽起……
一群酒徒,望
沉睡的村,哗然地走去……
村,
狗的吠声,叫颤了
满天的疏星。

[1] 仅四字,诗人就将一个巨大的、魅惑人的、意象的宇宙,一下子矗立在读者面前,被它包容。这"夜"不是模糊的远景,也不是闪烁的幻觉,是真实的境界,令人置身其中。

村，沉睡的街
沉睡的广场，冲进了
醒的酒坊。
酒，灯光，醉了的脸
放荡的笑在一团……[2]

"走
　　到牛杀场，去
　　喝牛肉汤……"

二

酒徒们，走向村边
进入了一道灯光敞开的门，
血的气息，肉的堆，牛皮的
热的腥酸……
人的嚣喧，人的嚣喧。

油灯像野火一样，映出
十几个生活在草原上的
泥色的脸。

这里是我们的娱乐场，
那些是多谙熟的面相，
我们拿起
热气蒸腾的牛骨
大开着嘴，咬着，咬着……

[2] 诗人选取了单纯而强烈的意象组合，在气氛的层层顺向叠加中渲染出热闹的生机。他故意躲避开任何一点典雅的余痕，用粗糙的笔触堆垒起一种发自生命底蕴的反叛情绪，让它恣肆流淌。他没有写带有宣言色彩的词句，却让人火烫地感受到生命底蕴和反叛情绪之间的天然关系。

"酒，酒，酒
我们要喝。"[3]

油灯像野火一样，映出
牛的血，血染的屠夫的手臂，
溅有血点的
　屠夫的头额。

油灯像野火一样，映出
我们火一般的肌肉，以及
——那里面的——
痛苦，愤怒和仇恨的力。

油灯像野火一样，映出
——从各个角落来的——
夜的醒者
醉汉
浪客
过路的盗
偷牛的贼……

"酒，酒，酒
我们要喝。"

　　　三

……

"趁着星光，发抖

[3] 诗人把自己也归入这群酒徒之列，随着他们逛荡，随着他们豪饮，随着他们大笑。在对他们的刻画中，笔底流泻出自身的生命汁液。因此，人们也能从他们了无归宿、醉步踉跄的形貌中，看到诗人当年的迷惘、郁愤和内心的骚动。

我们走……"
阔笑在田堤上煽起……
一群酒徒，离了
沉睡的村，向
沉睡的原野
哗然地走去……

夜，透明的
夜！

1932年9日10月

赏 析

《透明的夜》一扫诗坛上媚秀整饬的韵致，用一排排错落而钝拙的句式营造了一个狞厉而火烫的夜境，勾勒出了一组粗俗而又炽热的生命形象。深夜，狗吠，酒徒；牛杀场，火一般的肌肉，过路的强盗；热气，酒气，血腥气；杂沓的步履，灯光下的喧嚣，醉中的阔笑……这一切，很容易使脆弱的眼睛看了不适，但也正是这一切，组合成了对黑夜的抗议性的骚动。这样鲜活的诗，连同它的题目，在中国都是第一次出现，它为中国的新诗带来了纯新而健康的生气，它是向中国如磐的黑夜投射出的一个响箭般的信号。

读·思

诗人选取了单纯而强烈的意象组合，以自然朴素的语言，用画面叠加的气氛和色调，描写了一个透明的夜。请你模仿此诗，写一个夜晚的场景。

大堰河——我的保姆

导读 1932年7月,艾青因加入中国左翼美术家联盟、从事革命文艺活动被捕,后被当局以"宣传与三民主义不相容主义"的罪名判入狱6年。1933年1月,在狱中的诗人第一次用"艾青"这个笔名,激情澎湃地挥笔写下了这首赞颂劳动人民、诅咒黑暗世界的诗篇。据诗人自述,写这首诗时是在一个早晨,他透过一个狭小的看守所窗口看到一片茫茫雪景,触发了内心对养母的怀念。

大堰河,是我的保姆。
她的名字就是生她的村庄的名字,
她是童养媳,
大堰河,是我的保姆。[1]

我是地主的儿子;
也是吃了大堰河的奶而长大了的
大堰河的儿子。
大堰河以养育我而养育她的家,
而我,是吃了你的奶而被养育了的,
大堰河啊,我的保姆。

[1] 开篇交代大堰河的身份,点明"我"与大堰河的关系。

大堰河，今天我看到雪使我想起了你：
你的被雪压着的草盖的坟墓，
你的关闭了的故居檐头的枯死的瓦菲，
你的被典押了的一丈平方的园地，
你的门前的长了青苔的石椅，
大堰河，今天我看到雪使我想起了你。

> [2] 生动而准确的细节描写，把"大堰河"这一劳动妇女的朴实、辛劳的形象，以及对"我"的爱，鲜明生动地呈现在读者面前。同时也表现出诗人惊人的观察力和把握能力。

你用你厚大的手掌把我抱在怀里，抚摸我；
在你搭好了灶火之后，
在你拍去了围裙上的炭灰之后，
在你尝到饭已煮熟了之后，
在你把乌黑的酱碗放到乌黑的桌子上之后，
在你补好了儿子们的为山腰的荆棘扯破的衣服之后，
在你把小儿被柴刀砍伤了的手包好之后，
在你把夫儿们的衬衣上的虱子一颗颗地掐死之后，
在你拿起了今天的第一颗鸡蛋之后，
你用你厚大的手掌把我抱在怀里，抚摸我。[2]

我是地主的儿子，
在我吃光了你大堰河的奶之后，
我被生我的父母领回到自己的家里。
啊，大堰河，你为什么要哭？

我做了生我的父母家里的新客了！
我摸着红漆雕花的家具，
我摸着父母的睡床上金色的花纹，

我呆呆地看着檐头的我不认得的"天伦叙乐"的匾，
我摸着新换上的衣服的丝的和贝壳的纽扣，
我看着母亲怀里的不熟识的妹妹，
我坐着油漆过的安了火钵的炕凳，
我吃着碾了三番的白米的饭，
但，我是这般忸怩不安！因为我
我做了生我的父母家里的新客了。

大堰河，为了生活，
在她流尽了她的乳液之后，
她就开始用抱过我的两臂劳动了，
她含着笑，洗着我们的衣服，
她含着笑，提着菜篮到村边的结冰的池塘去，
她含着笑，切着冰屑窸索的萝卜，
她含着笑，用手掏着猪吃的麦糟，
她含着笑，扇着炖肉的炉子的火，
她含着笑，背了团箕到广场上去，
　晒好那些大豆和小麦，
大堰河，为了生活，
在她流尽了她的乳液之后，
她就用抱过我的两臂，劳动了。

大堰河，深爱着她的乳儿；
在年节里，为了他，忙着切那冬米的糖，
为了他，常悄悄地走到村边的她的家里去，
为了他，走到她的身边叫一声"妈"，

大堰河，把他画的大红大绿的关云长
　　贴在灶边的墙上，
大堰河，会对她的邻居夸口赞美她的乳儿；
大堰河曾做了一个不能对人说的梦：
在梦里，她吃着她的乳儿的婚酒，
坐在辉煌的结彩的堂上，
而她的娇美的媳妇亲切地叫她"婆婆"
……
大堰河，深爱着她的乳儿！

大堰河，在她的梦没有做醒的时候已死了。
她死时，乳儿不在她的旁侧，
她死时，平时打骂她的丈夫也为她流泪，
五个儿子，个个哭得很悲，
她死时，轻轻地呼着她的乳儿的名字，
大堰河，已死了，
她死时，乳儿不在她的旁侧。

大堰河，含泪地去了！
同着四十几年的人世生活的凌侮，
同着数不尽的奴隶的凄苦，
同着四块钱的棺材和几束稻草，
同着几尺长方的埋棺材的土地，
同着一手把的纸钱的灰，
大堰河，她含泪地去了。[3]

[3] 排比与反复修辞手法的运用，写出了大堰河死去时的场景，深切地表现出大堰河对"我"的牵挂，以及"我"没能陪伴在她身边的痛惜与难过。同时展现了大堰河的凄苦与悲哀的一生的结束。

这是大堰河所不知道的：
她的醉酒的丈夫已死去，
大儿做了土匪，
第二个死在炮火的烟里，
第三，第四，第五
在师傅和地主的叱骂声里过着日子。
而我，我是在写着给予这不公道的世界的咒语。
当我经了长长的漂泊回到故土时，
在山腰里，田野上，
兄弟们碰见时，是比六七年前更要亲密！
这，这是为你，静静地睡着的大堰河
所不知道的啊！[4]

大堰河，今天，你的乳儿是在狱里，
写着一首呈给你的赞美诗，
呈给你黄土下紫色的灵魂，
呈给你拥抱过我的直伸着的手，
呈给你吻过我的唇，
呈给你泥黑的温柔的脸颜，
呈给你养育了我的乳房，
呈给你的儿子们，我的兄弟们，
呈给大地上一切的，
我的大堰河般的保姆和她们的儿子，
呈给爱我如爱她自己的儿子般的大堰河。

大堰河，

[4] 首尾呼应，构成回环往复，再次强调"我"对大堰河深挚的爱。

我是吃了你的奶而长大了的

你的儿子，

我敬你

爱你！

1933年1月14日，雪朝

赏　析

　　本诗是艾青的成名作，整首诗围绕着"我"与"她"的关系而写，从"我"所看到的、经历的、感觉的、想到的……一层一层地写"她"。诗人用朴素的语言、沉郁的笔调、生动的细节、深挚的感情，叙述了这位普通中国劳动妇女平凡而坎坷、不幸的一生，表达了对这位伟大母亲由衷的感恩之情。大堰河，是千千万万个中国母亲的代表，更是如慈母一样伟大祖国的象征，尽管她受尽欺辱，历尽沧桑，满身疮痍，然而却永远不失母性和母爱的伟大光辉。

读·思

　　1. 你如何理解诗中"我"的形象？

　　2. 我们的母亲都是可亲、可敬、可爱的。母爱，人类情感走廊中的上品，伟大永远是它的同义语。母亲的一个关切的眼神，一声轻轻的呼唤，还有那眼角的皱纹、满手的老茧、微驼的背影……回忆生活中与母亲相处的细节，选取令你刻骨铭心的事件或画面，仿照艾青的诗歌特点，写一首短诗来表达对母亲的爱。

太 阳

导读 这首诗写于1937年春天,艾青刚从监狱中获释,在上海滩头流浪。追求光明是艾青毕生的奋斗目标,这首《太阳》便是他最早写下的关于太阳的诗篇。

从远古的墓茔
从黑暗的年代
从人类死亡之流的那边
震惊沉睡的山脉
若火轮飞旋于沙丘之上
太阳向我滚来……[1]

它以难掩的光芒
使生命呼吸
使高树繁枝向它舞蹈
使河流带着狂歌奔向它去

当它来时,我听见
冬蛰的虫蛹转动于地下

[1]"太阳"象征光明,象征永生,象征未来。诗人运用比喻手法,将"太阳"比作"火轮",形象生动地展现了太阳如炽烈熊火般滚滚而来之势。

群众在旷场上高声说话

城市从远方

用电力与钢铁召唤它

于是我的心胸

被火焰之手撕开

陈腐的灵魂

搁弃在河畔

我乃有对于人类再生之确信

1937 年春

赏　析

　　诗的第一小节描写了太阳诞生的场景：黑暗与死亡；第二、三小节描写了万物复苏生机盎然的景象；第四小节直抒胸臆，抒发出诗人要在光明必然到来的预感中振奋起来，去追求未来的真实的光明。

读·思

　　诗中的"它"指的是什么？本诗蕴含着诗人怎样的情感？

煤的对话
——A—Y. R.①

导读 这首诗采用通篇对话的方式来展示中华民族不甘屈辱、自强不息的内在精神，表达诗人对祖国深沉而热烈的爱和对祖国再生的强烈愿望，语言新颖而又亲近。全诗篇幅虽短，却耐人寻味，内涵博大，意境深远。

你住在哪里？

我住在万年的深山里
我住在万年的岩石里

你的年纪——

我的年纪比山的更大
比岩石的更大

你从什么时候沉默的？

从恐龙统治了森林的年代
从地壳第一次震动的年代[1]

[1] 语言口语化，虽不经雕琢修饰，但诗味正是在这朴实平易之中流溢而出。雕琢归朴，贵在自然，这首诗的诗句正是这种高层次的艺术表现。

---
①给又然。

[2] 对"煤"的品格,"煤"的情绪,诗人本来是有许多话要说的,然而却只是写了这么几句,给读者留下了广阔的想象空间。

你已死在过深的怨愤里了么?

死?不,不,我还活着——
请给我以火,给我以火![2]

1937年春

赏　析

　　艾青在创作中,不单纯追求新奇的格式,不追求华而不实的辞藻,而是以朴素平易取胜。《煤的对话》这首诗,就是以极朴素的语言,亲切自然地道出了深厚博大的内涵。艾青之所以追求这样的诗风,是出自他对诗美的深刻理解:"深厚博大的思想,通过最浅显的语言表演出来,才是最理想的诗。"

读·思

1. 结合这首诗的主旨,说说诗人为什么以"煤"作意象?
2. 有人评价这首诗的艺术特点时说:"强烈的反差,激起读者感情的波澜。"对此,你是怎样认识的?请简要说一下你的理解。

黎　明

> **导读**　黎明，是万物欣欣然张开了眼，是无限温暖与希望。1937年5月23日的早晨，艾青写下《黎明》这首诗，通过"我"来写"我"与黎明的关系，以"我"对黎明的感悟来讴歌黎明。整首诗写得明丽潇洒，反映了当时处于黑暗之中的民众对光明的渴望。

当我还不曾起身

两眼闭着

听见了鸟鸣

听见了车声的隆隆

听见了汽笛的嘶叫

我知道

你又叩开白日的门扉了……

黎明，

为了你的到来

我愿站在山坡上，

像欢迎

从田野那边疾奔而来的少女，

向你张开两臂——[1]

[1] 黎明象征着当时处于黑暗之中的民众对于黎明、对于光明的期盼和渴求。

因为你，
你有她的纯真的微笑，
和那使我迷恋的草野的清芬。

我怀念那：
同着伙伴提了篾篮
到田堤上的豆棚下
采撷豆荚的美好的时刻啊——
我常进到最密的草丛中去，
让露水浸透了我的草鞋，
泥浆也溅满我的裤管，
这是自然给我的抚慰，
我将狂欢而跳跃……

我也记起
在远方的城市里
在浓雾蒙住建筑物的每个早晨，
我常爱在街上无目的地奔走，
为的是
你带给我以自由的愉悦，
和工作的热情。

但我却不愿
看见你罩上忧愁的面纱——
因我不能到田间去了，
也不能在街上奔跑——
一切都沉默着，

望着阴郁的雨滴徘徊在我的窗前

我会联想到：死亡，战争，

和人间一切的不幸……

黎明啊，

要是你知道我曾对你

有比对自己的恋人

更不敢拂逆和迫切的期待啊——

当我在那些苦难的日子，

悠长的黑夜

把我抛弃在失眠的卧榻上时，

我只会可怜地凝视着东方，

用手按住温热的胸膛里的急迫的心跳

等待着你——

我永远以坚苦的耐心，

希望在铁黑的天与地之间

会裂出一丝白线——

纵使你像故意磨折我似的延迟着，

我永不会绝望，

却只以燃烧着痛苦的嘴

问向东方：

"黎明怎不到来？"

而当我看见了你

披着火焰的外衣，

从天边来到阴暗的窗口时啊——

我像久已为饥渴哭泣得疲乏了的婴孩，

看见母亲为他解开裹住乳房的衣襟

泪眼迸出微笑，

心儿感激着，

我将带着呼唤

带着歌唱

投奔到你温煦的怀里。

1937 年 5 月 23 日晨

赏 析

  艾青的诗具有散文美，他曾说过："我说的诗的散文美，指的就是口语美。"他所倡导的诗的散文美，既表现在采用自由体的艺术形式，也表现在运用人民群众的语言，即口语化的语言。这首诗将"散文美"体现得淋漓尽致，诗人毫无雕琢地描绘出一幅幅清新自然、充满生活气息的图景。作者将"自己欢迎黎明的到来"比作"从田野那边疾奔而来的少女"，生动形象地体现了作者对黎明的渴望和向往，在黎明面前的青春活力，表达了对黎明的喜爱和赞美。

读·思

  "你又叩开白日的门扉了……"这里运用了什么修辞手法？"你"指的是什么？省略号在这里有什么作用？

复活的土地

导读 1937年7月6日,艾青在沪杭路车厢里写下这首《复活的土地》,表达了自己对国家、对革命、对人民美好前景的向往,对中华民族的觉醒充满信心。

腐朽的日子
早已沉到河底,
让流水冲洗得
快要不留痕迹了;[1]

河岸上
春天的脚步所经过的地方,
到处是繁花与茂草;
而从那边的丛林里
也传出了
忠心于季节的百鸟之
高亢的歌唱。[2]

播种者呵

[1] 开篇语出惊人,腐朽的生活即将结束,表达了诗人对民族美好的未来充满信心。

[2] 运用视听结合的手法描写河岸上欣欣向荣的春景,生动形象地写出诗人看到春天到来,大地充满生机时的激动与喜悦。

[3] 运用比喻的手法，暗示大地即将复活，结构上照应标题。

[4] 通过声音的延长，节奏的变化，情感得到释放，增强了抒情效果。

[5] 表现了"战斗者"因土地的复活而产生的情感激荡、热血沸腾的高昂情绪。

是应该播种的时候了，

为了我们肯辛勤地劳作

大地将孕育

金色的颗粒。[3]

就在此刻，

你——悲哀的诗人呀，[4]

也应该拂去往日的忧郁，

让希望苏醒在你自己的

久久负伤着的心里：

因为，我们的曾经死了的大地，

在明朗的天空下

已复活了！

——苦难也已成为记忆，

在它温热的胸膛里

重新漩流着的

将是战斗者的血液。[5]

1937年7月6日，沪杭路上

赏　析

诗人以浑朴如椽的大笔，纯净而庄重的语言，将一个受尽凌辱的伟大民族正在觉醒奋起的姿态和精神，以及诗人自己"拂去往日的忧郁"与苏醒的大地一起迎接战斗的欢欣和誓言，如铭刻碑文似的简洁而深刻地勾勒了出来。

读·思

本诗以"复活的土地"为题，有何妙处？请结合诗歌简要分析。

雪落在中国的土地上

> **导读** 1937年12月28日，艾青来到武汉，面对"七七事变"后全国人民空前高涨的抗日斗志，作为一个对祖国前途和人民命运深切关怀的诗人，他写下了这篇深沉而激越的诗作。此诗通过描写大雪纷扬下的农夫、少妇、母亲的形象，表现了中华民族的苦痛与灾难，展现了旧中国的图景，表达了诗人深厚的爱国热情，以及深沉的忧患意识与赤子之心。

[1] 开篇即发出呼号，令读者无不被这两行诗带来的寒冷所震慑。此外，"雪"还具有象征意义，既指现实中的风雪，更指中国所处的艰难恶劣的局势。

雪落在中国的土地上，
寒冷在封锁着中国呀……[1]

风，
像一个太悲哀了的老妇，
紧紧地跟随着
伸出寒冷的指爪
拉扯着行人的衣襟，
用着像土地一样古老的话
一刻也不停地絮聒着……

那从林间出现的，

赶着马车的
你中国的农夫
戴着皮帽
冒着大雪
你要到哪儿去呢?

告诉你
我也是农人的后裔——
由于你们的
刻满了痛苦的皱纹的脸
我能如此深深地
知道了
生活在草原上的人们的
岁月的艰辛。

而我
也并不比你们快乐啊
——躺在时间的河流上
苦难的浪涛
曾经几次把我吞没而又卷起——
流浪与监禁
已失去了我的青春的
最可贵的日子,
我的生命
也像你们的生命
一样的憔悴呀[2]

雪落在中国的土地上,

[2] 诗人把自己和广大农民的苦难命运联系在一起,把这种苦难写得更加深刻而真切。

寒冷在封锁着中国呀……

沿着雪夜的河流,
一盏小油灯在徐缓地移行,
那破烂的乌篷船里
映着灯光,垂着头,
坐着的是谁呀?

——啊,你
蓬发垢面的少妇,
是不是
你的家
——那幸福与温暖的巢穴——
已被暴戾的敌人
烧毁了么?
是不是
也像这样的夜间,
失去了男人的保护,
在死亡的恐怖里
你已经受尽敌人刺刀的戏弄?

咳,就在如此寒冷的今夜,
无数的
我们的年老的母亲,
都蜷伏在不是自己的家里,
就像异邦人
不知明天的车轮
要滚上怎样的路程?[3]

[3] 运用象征手法,用赶着马车的农夫、坐在乌篷船里的少妇和离家的年老的母亲等形象,象征苦难的中国。

——而且
中国的路
是如此的崎岖
是如此的泥泞呀。

雪落在中国的土地上,
寒冷在封锁着中国呀……

透过雪夜的草原
那些被烽火所啮啃着的地域,
无数的,土地的垦殖者
失去了他们所饲养的家畜
失去了他们肥沃的田地
拥挤在
生活的绝望的污巷里:
饥馑的大地
朝向阴暗的天
伸出乞援的
颤抖着的两臂。

中国的苦痛与灾难,
像这雪夜一样广阔而又漫长呀!

雪落在中国的土地上,
寒冷在封锁着中国呀……[4]

[4] 这一"主旋律"诗句反复出现四次,在诗中起什么作用?

它是诗歌的感情线索,使悲凉压抑的感情贯穿全诗;这种反复的咏叹更加深了悲惋凝重的气氛。同时,这两句诗也是全诗的骨架,诗中多种形象的刻画,都是沿着这两句诗展开的。

[5] 结尾这几行诗,是发自内心的战栗的呼喊,是泣血的为祖国急切献身的心声,展现了诗人的赤子情怀。

中国
我的在没有灯光的晚上
所写的无力的诗句
能给你些许的温暖么?[5]

1937年12月28日夜间

赏　析

　　1937年12月,艾青在武昌一间阴冷的屋子里写下《雪落在中国的土地上》这首感情真挚、意境沉郁而广漠的长诗。诗歌抒写了残暴的侵略战争给中国人民带来的深重苦难,以及诗人忧国忧民的沉重心情。诗中反复回荡的气韵,如钟声般洪亮,激荡人心,悲凉雄壮。全诗皆以散文化的语言写就,无雕琢和虚饰的痕迹,其语言强有力的弹性和张力,使诗的情境得以拓展延伸。

读·思

　　"中国/我的在没有灯光的晚上/所写的无力的诗句/能给你些许的温暖么",请从抒情方式的角度赏析其表达效果。

手推车

导读 1938 年初,艾青为民族解放战争所振奋,从南方来到北方。在北方,他看到了抗战的持久与艰巨,也目睹了黄河流域民生之多艰。在这里,有的人照旧寻欢作乐,而人民——诗人的父老兄弟,则在生死线上挣扎;黄土地——民族与人民的母亲,为悲哀的风卷去了春天的绿色和秋阳的光辉,冻结在寒冷与静寂里。诗人于是创作了这首诗以表现北方农民在战争年代的艰苦。

在黄河流过的地域
在无数的枯干了的河底
手推车
以唯一的轮子
发出使阴暗的天穹痉挛的尖音
穿过寒冷与静寂
从这一个山脚
到那一个山脚
彻响着
北国人民的悲哀

[1] 手推车象征着挣扎在水深火热之中的广大北国人民，诗人紧扣手推车写出了中国历史的停滞与北方农民生活的单调。

在冰雪凝冻的日子

在贫穷的小村与小村之间

手推车

以单独的轮子

刻画在灰黄土层上的深深的辙迹

穿过广阔与荒漠

从这一条路

到那一条路

交织着

北国人民的悲哀[1]

1938年初

赏 析

象征与复沓手法的运用是本诗的突出特色。手推车"唯一的轮子"发出"痉挛的尖音"，"单独的轮子"刻出"深深的辙迹"。车尚如此，人何以堪？诗人通过手推车刻画了中华民族的苦难，表达了对民族对人民的深切同情。这首诗是诗人对于苦难制造者的一个平静而又怆痛的抗议，读罢令人扼腕叹息。

读·思

请简要分析"手推车"这个意象的特点，并说说这首诗表达了怎样的思想感情。

北　方

导读　本诗写于 1938 年 2 月，当时华北、东北已沦陷，寒冷的冬天，诗人途经陕西潼关，面对荒凉的村庄，饿殍遍野，人民生活在苦痛中。一位科尔沁草原上的诗人对艾青说的一句话，更加触发了他的思绪，使他写下这首诗。诗人既悲叹于北方的贫瘠落后以及战争给北方民众带来的苦难，又讴歌了北国民众自古具有的不屈的生存意志和保家卫国的决心，具有浓郁的爱国主义情怀。

一天
那个科尔沁草原上的诗人
对我说：
"北方是悲哀的。"[1]

不错
北方是悲哀的。
从塞外吹来的
沙漠风，
已卷去北方的生命的绿色
与时日的光辉
——一片暗淡的灰黄

[1] 题记，叙述写诗的缘由。

蒙上一层揭不开的沙雾；
那天边疾奔而至的呼啸

带来了恐怖
疯狂地
扫荡过大地；
荒漠的原野
冻结在十二月的寒风里，
村庄呀，山坡呀，河岸呀，
颓垣与荒冢呀
都披上了土色的忧郁……
孤单的行人，
上身俯前
用手遮住了脸颊，
在风沙里
困苦地呼吸
一步一步地
挣扎着前进……
几只驴子
——那有悲哀的眼
　　和疲乏的耳朵的畜生，
载负了土地的
痛苦的重压，
它们厌倦的脚步
徐缓地踏过
北国的
修长而又寂寞的道路……[2]

那些小河早已枯干了

[2] 极写北方的悲哀。在作者笔下，北方的悲哀不仅仅是环境的可怕，而是在长期战乱和日寇铁蹄下的人民的悲哀。作者借大环境的冷漠可怕来写人民在这块土地上异常艰苦地挣扎度日的困境。

河底也已画满了车辙，
北方的土地和人民
在渴求着
那滋润生命的流泉啊！
枯死的林木
与低矮的住房
稀疏地，阴郁地
散布在灰暗的天幕下；
天上，
看不见太阳，
只有那结成大队的雁群
惶乱的雁群
击着黑色的翅膀
叫出它们的不安与悲苦，
从这荒凉的地域逃亡
逃亡到
绿荫蔽天的南方去了……[3]

北方是悲哀的
而万里的黄河
汹涌着混浊的波涛
给广大的北方
倾泻着灾难与不幸；[4]
而年代的风霜
刻画着
广大的北方的
贫穷与饥饿啊。

而我

[3] 作者用枯干小河上的车辙显示人民渴求生命的源泉，用成群的大雁逃往南方来写人民流离失所的状况。

[4] 借黄河来写北方所承受的无穷无尽的灾难和不幸。

——这来自南方的旅客，
却爱这悲哀的北国啊。
扑面的风沙
与入骨的冷气
决不曾使我咒诅；
我爱这悲哀的国土，
一片无垠的荒漠
也引起了我的崇敬
——我看见
我们的祖先
带领了羊群
吹着笳笛
沉浸在这大漠的黄昏里；
我们踏着的
古老的松软的黄土层里
埋有我们祖先的骸骨啊，
——这土地是他们所开垦
几千年了
他们曾在这里
和带给他们以打击的自然相搏斗
他们为保卫土地，
从不曾屈辱过一次，
他们死了
把土地遗留给我们——
我爱这悲哀的国土，
它的广大而瘦瘠的土地
带给我们以淳朴的言语
与宽阔的姿态，

我相信这言语与姿态

坚强地生活在土地上

永远不会灭亡;

我爱这悲哀的国土,

　　古老的国土

——这国土

养育了为我所爱的

世界上最艰苦

与最古老的种族。[5]

[5] 诗歌最后,作者表达了在悲哀之下对这块土地强大生命力的礼赞。作者从古代苍茫中讲述了这块土地所蕴有的力量和人民的顽强抗争精神。

1938年2月4日,潼关

赏 析

诗人在这首诗中表达了对处在水深火热之中的祖国的深深忧虑,对战乱烽烟中人民处境的深刻同情,对古老中国的无以言说的热爱。全诗多用意象抒情写意,勾勒出一幅幅富有动感的北国乡土画面,形象生动,准确传神。此诗是典型的自由体诗,遵循语言和情感的自然节奏,不受外在格律限制,具有散文美,风格凝重深沉。

读·思

全诗用一个个有内在联系的北方图景构成意象,而沙漠的风、荒漠的原野、孤单行进的行人、重负的驴子、干涸的河道、失群的大雁等等,描绘出一幅色彩暗淡的北方画图。其中"土地"的意象最为独特,请结合具体语句对此意象进行赏析。

向太阳

> **导读** 1938年4月,艾青从战火蔓延的北方回到武汉不久,以激越而丰厚的情感创作了长诗《向太阳》。诗作以"太阳"象征中华民族在抗日烽火中的新生,抒发了诗人对光明的渴望与追求。作为抗日战争时期重要的优秀诗篇之一,它不仅标志着艾青的创作道路迈向了一个新的高度,而且对我国诗歌创作的发展产生了广泛而深刻的影响。

从远古的墓茔
从黑暗的年代
从人类死亡之流的那边
震惊沉睡的山脉
若火轮飞旋于沙丘之上
太阳向我滚来……[1]

——引自旧作《太阳》

[1] 暗示光明诞生于黑暗和死亡。而郭沫若的《太阳礼赞》认为,光明就来自光明。

一、我起来

我起来——
像一只困倦的野兽

受过伤的野兽

从狼藉着败叶的林薮（sǒu）

从冰冷的岩石上

挣扎了好久

支撑着上身

睁开眼睛

向天边寻觅……

我——

是一个

从遥远的山地

从未经开垦的山地

到这几千万人

    用他们的手劳作着

    用他们的嘴呼嚷着

    用他们的脚走着的城市来的

        旅客，

我的身上

酸痛的身上

深刻地留着

风雨的昨夜的

长途奔走的疲劳

但

我终于起来了

我打开窗

用囚犯第一次看见光明的眼

看见了黎明

——这真实的黎明啊[2]

(远方

似乎传来了群众的歌声)

于是　我想到街上去

二、街上

早安呵

你站在十字街头

　　车辆过去时

　举着白袖子的手的警察

早安呵

你来自城外的

　挑着满箩绿色的菜贩

早安呵

你打扫着马路的

　穿着红色背心的清道夫

早安呵

你提了篮子，第一个到菜场去的

　棕色皮肤的年轻的主妇

我相信

昨夜

你们决不像我一样

　　被不停的风雨所追踪

[2] 这些发自胸腔的声音，既朴素又带有象征色彩的语言，没有任何渲染和夸张，以平实的自白，使读者从诗的冷凝的情境中感触到历史的沉重和浓浓的抒情气韵。

事实上，这种交织着昨夜的伤痛和迎接黎明的生命苏醒时带泪的欢欣，不只属于曾经是囚徒的诗人对自己人生的回顾，更是一个为了拯救民族的危难命运与祖国千千万万的儿女们奔走抗争的赤子的心声。

被无止的噩梦所纠缠

你们都比我睡得好啊![3]

三、昨天

昨天

我在世界上

用可怜的期望

喂养我的日子

像那些未亡人

披着麻缕

用可怜的回忆

喂养她们的日子一样

昨天

我把自己的国土

　当作病院

——而我是患了难于医治的病的

没有哪一天

我不是用迟滞的眼睛

看着这国土的

　没有边际的凄惨的生命……

没有哪一天

我不是用呆钝的耳朵

听着这国土的

　没有止息的痛苦的呻吟

昨天

[3] 诗人听到远方群众的歌声来到了街上，看到了充满朝气的生活场景。虽然本章节诗的基调明朗，但并没有使上一章节诗的沉重感全部消失。"不停的风雨""无止的噩梦"，带来的创伤仍隐隐作痛。"太阳"升起前，他的心情并不能顿然明朗起来。

我把自己关在

精神的牢房里

四面是灰色的高墙

没有声音

我沿着高墙

走着又走着

我的灵魂

不论白日和黑夜

永远地唱着

一曲人类命运的悲歌

昨天

我曾狂奔在

阴暗而低沉的天幕下的

没有太阳的原野

到山巅上去

伏到在紫色的岩石上

流着温热的眼泪

哭泣我们的世纪

现在好了

一切都过去了[4]

四、日出

太阳出来了……

当它来时……

城市从远方

[4] 诗人又一次回顾了自己艰难的人生历程和祖国的悲惨历史。在诗人沉郁的回忆中对旧中国的命运进行了高度概括，说明了一个被帝国主义宰割、遭受了多年屈辱的民族的觉醒和奋起战斗绝非是轻易的事情。艰难绝非只是回忆中的艰难，也是现实的精神负担。

用电力与钢铁召唤它

　　　　　——引自旧作《太阳》

太阳

从远处的高层建筑

——那些水门汀与钢铁所砌成的山

和那成百的烟囱

成千的电线杆子

成万的屋顶

所构成的

密丛的森林里

出来了……

在太平洋

在印度洋

在红海

在地中海

在我最初对世界怀着热望

而航行于无边蓝色的海水上的少年时代

我都曾看着美丽的日出

但此刻

在我所呼吸的城市

喷发着煤油的气息

柏油的气息

混杂的气息的城市

敞开着金属的胴体

矿石的胴体

电火的胴体的城市
宽阔地
承受黎明的爱抚的城市
我看见日出
比所有的日出更美丽[5]

五、太阳之歌

是的
太阳比一切都美丽
比处女
比含露的花朵
比白雪
比蓝的海水
太阳是金红色的圆体
是发光的圆体
是在扩大着的圆体
惠特曼
从太阳得到启示
用海洋一样开阔的胸襟
写出海洋一样开阔的诗篇

凡谷
从太阳得到启示
用燃烧的笔
蘸着燃烧的颜色
画着农夫耕犁大地
画着向日葵[6]

[5] 日出唤起了诗人少年时代青春的旅程。他怀着最初对世界的热望，曾在无边的蓝色的海水上看见过很多次美丽的日出。但此刻他看到的日出"比所有的日出更美丽"。因为这是他期盼已久的多灾多难的祖国的日出。

[6] 诗人用"燃烧"的彩笔为我们画了一轮正在升起、逐渐扩大光圈的有动态感的太阳，它是一个蕴含着放射着无限启示的光辉的意象。

邓肯

从太阳得到启示

用崇高的姿态

披示给我们以自然的旋律

太阳

它更高了

它更亮了

它红得像血

太阳

它使我想起　法兰西　美利坚的革命

想起　博爱　平等　自由

想起　德谟克拉西

想起　《马赛曲》　《国际歌》

想起　华盛顿　列宁　孙逸仙

　　　和一切把人类从苦难里拯救出来的

　　　人物的名字

是的

太阳是美的

且是永生的

六、太阳照在

初升的太阳

照在我们的头上

照在我们的久久地低垂着
　　不曾抬起过的头上
太阳照着我们的城市和村庄
照着我们的久久地住着
　　屈服在不正的权力下的城市和村庄
太阳照着我们的田野，河流和山峦
照着我们的从很久以来
　　到处都蠕动着痛苦的灵魂的
　　田野、河流和山峦……

今天
太阳的炫目的光芒
把我们从绝望的睡眠里刺醒了
也从那遮掩着无限痛苦的迷雾里
刺醒了我们的城市和村庄
也从那隐蔽着无边忧郁的烟雾里
刺醒了我们的田野、河流和山峦
我们仰起了沉重的头颅
从濡湿的地面
一致地
向高空呼嚷
"看我们
我们
笑得像太阳！"

　　七、在太阳下

"看我们

我们

笑得像太阳!"

那边

一个伤兵

支撑着木制的拐杖

沿着长长的墙壁

跨着宽阔的步伐

太阳照在他的脸上

照在他纯朴地笑着的脸上

他一步一步地走着

他不知道我在远处看着他

当他的披着绣有红十字的灰色衣服的

　高大的身体

走近我的时候

这太阳下的真实的姿态

我觉得

比拿破仑的铜像更漂亮

太阳照在

城市的上空

街上的人

这么多,这么多

他们并不曾向我打招呼

但我向他们走去

我看着每一个从我身边走过的人

对他们

我不再感到陌生

太阳照着他们的脸
照着他们的
　　　光洁的，年轻的脸
　　　发皱的，年老的脸
　　　红润的，少女的脸
　　　善良的，老妇的脸
和那一切的
　　昨天还在惨愁着但今天却笑着的脸
他们都匆忙地
摆动着四肢
在太阳光下
来来去去地走着
　　——好像他们被同一的意欲所驱使似的
他们含着微笑的脸
也好像在一致地说着
"我们爱这日子
不是因为我们
　　　看不见自己的苦难
不是因为我们
　　　看不见饥饿与死亡
我们爱这日子
是因为这日子给我们
带来了灿烂的明天的
最可信的音讯。"

太阳光

闪烁在古旧的石桥上……

几个少女——

　　那些幸福的象征啊

背着募捐袋

在石桥上

在太阳下

唱着清新的歌

　　"我们是天使

　　健康而纯洁

　　我们的爱人

　　年轻而勇敢

　　有的骑战马

　　驰骋在旷野

　　有的驾飞机

　　飞翔在天空……"

（歌声中断了，她们在向行人募捐）

现在

她们又唱了

　　"他们上战场

　　奋勇杀敌人

　　我们在后方

　　慰劳与宣传

　　一天胜利了

　　欢聚在一堂……"

她们的歌声

是如此悠扬

太阳照着她们的
　　骄傲地突起的胸脯
和袒露着的两臂
和发出尊严的光辉的前额
她们的歌
飘到桥的那边去了……

太阳的光
泛滥在街上

浴在太阳光里的
　　街的那边
一群穿着被煤烟弄脏了的衣服的工人
扛抬着一架机器
　　——金属的棱角闪着白光
太阳照在
他们流汗的脸上
当他们每一步前进时
他们发出缓慢而沉洪的呼声
　　"杭——唷
　　杭——唷
　　我们是工人
　　工人最可怜
　　贫穷中诞生
　　劳动里成长
　　一年忙到头
　　为了吃与穿

吃又吃不饱

　　穿又穿不暖

　　杭——唷

　　杭——唷

　　自从八一三

　　敌人来进攻

　　工厂被炸掉

　　东西被抢光

　　几千万工友

　　饥饿与流亡

　　我们在后方

　　要加紧劳动

　　为国家生产

　　为抗战流汗

　　一天胜利了

　　生活才饱暖

　　杭——唷

　　杭——唷……"

他们带着不止的杭唷声

　　转弯了……

太阳光

泛滥在旷场上

旷场上

成千的穿草黄色制服的士兵

　　在操演

他们头上的钢盔

和枪上的刺刀
闪着白光
他们以严肃的静默
等待着
　　那及时的号令
现在
他们开步了
从那整齐的步伐声里
我听见
　　"一！二！三！四！
　　一！二！三！四！
　　我们是从田野来的
　　我们是从山村来的
　　我们生活在茅屋
　　我们呼吸在畜棚
　　我们耕犁着田地
　　田地是我们的生命
　　但今天
　　敌人来到我们的家乡
　　我们的茅屋被烧掉
　　我们的牲口被吃光
　　我们的父母被杀死
　　我们的妻女被强奸
　　我们没有了镰刀与锄头
　　只有背上了子弹与枪炮
　　我们要用闪光的刺刀
　　抢回我们的田地

回到我们的家乡

消灭我们的敌人

敌人的脚踏到哪里

敌人的血流到哪里……

　　……

一！二！三！四！

一！二！三！四

……"

这真是何等的奇遇啊……[7]

八、今天

今天

奔走在太阳的路上

我不再垂着头

　把手插在裤袋里了

嘴也不再吹那寂寞的口哨

不看天边的流云

不彷徨在人行道

今天

在太阳照着的人群当中

我决不专心寻觅

那些像我自己一样惨愁的脸孔了

今天

太阳吻着我昨夜流过泪的脸颊

吻着我被人世间的丑恶厌倦了的眼睛

[7] 本章节诗人为我们展示出一片太阳光照之下，曾经蠕动着痛苦灵魂的大自然的美好景象。歌颂了受伤战士的高大的形象，歌颂了为战争奔走呼号背着募捐袋的少女，还有雄浑的工人的呼声，以及在泛滥着阳光的旷场上操演的士兵。

吻着我为正义喊哑了声音的嘴唇
吻着我这未老先衰的
啊！快要佝偻了的背脊

今天
我听见
太阳对我说
　"向我来
　从今天
　你应该快乐些呵……"

于是
被这新生的日子所蛊惑
我欢喜清晨郊外的军号的悠远的声音
我欢喜拥挤在忙乱的人丛里
我欢喜从街头敲打过去的锣鼓的声音
我欢喜马戏班的演技
　　当我看见了那些原始的，粗暴的，健康的运动
我会深深地爱着它们
——像我深深地爱着太阳一样

今天
我感谢太阳
太阳召回了我的童年了

　　九、我向太阳

我奔驰

依旧乘着热情的轮子

太阳在我的头上

用不能再比这更强烈的光芒

燃灼着我的肉体

由于它的热力的鼓舞

我用嘶哑的声音

歌唱了:

　"于是,我的心胸

　被火焰之手撕开

　陈腐的灵魂

　搁弃的河畔……"

这时候

我对我所看见　所听见

感到了从未有过的宽怀与热爱

我甚至想在这光明的际会中死去……[8]

[8] 最后两章节,诗人的心灵由于受日出,以及有活力、有激情的生活场面的强烈触动,而向过去苦痛寂寥的生活告别,走向新生活。

1938 年 4 月,武昌

赏　析

　　《向太阳》长四百余行,是艾青在 20 世纪 30 年代创作的最长的一首诗,由九个各自独立又前后呼应的章节组成。尽管在诗里出现了许多不同的场景和人物,但并不以叙事为主,作者仍然以他那朴素坦诚富有个性的抒情方式进行创作,自始至终以第一人称"我"的情感作为全诗的主线和命脉。全诗贯穿着"太阳"这一总体的象征形象,以此象征中华民族的觉醒和希望。诗人将心中鼓荡着的激情和创作欲求与现实结合,使得长期郁结于心的全部感情如一粒粒火种燃爆了起来:多少年来在漫长曲折的人生道路上奔波的疲累,痛苦的回忆,在受难中执着不渝的追求,便都随着诗人眼睛里涌出的热泪和心中沸腾的血液，一起喷发了出来。可以说，这首诗异常典型地体现了抗日战争时期那些热爱祖国、投身战争、谋求解放的热血青年的时代思潮。

> **读·思**
>
> 　　艾略特说过，"历史的意识又含有一种领悟，不但要理解过去的过去性，而且还要理解过去的现存性"。从这首诗中，你领悟到哪些历史的现存性和深刻的人生启示？请结合具体诗句简要说明一下。

黄 昏

导读 抗战时期，艾青曾辗转于西北黄土高原，目睹和体验了这片广袤而贫瘠的土地上北方农民的苦难生活，深刻领略了"世界上最艰苦与最古老的种族"在战乱年代的沉重与沧桑，从而创作了一系列的作品，这首诗就是其中之一。

黄昏的林子是黑色而柔和的

林子里的池沼是闪着白光的

而使我沉溺地承受它的抚慰的风啊

一阵阵地带给我以田野的气息……[1]

我永远是田野气息的爱好者啊……

无论我漂泊在哪里

当黄昏时走在田野上

那如此不可排遣地困惑着我的心的

[1] 以实写开篇，之后很自然地转入虚写，以生动的意象来传达诗人的感情。

是对于故乡路上的畜粪的气息

和村边的畜棚里的干草的气息的记忆啊……[2]

[2] 采用以点带面的写法，将诗人对于土地，特别是对于故乡土地的深沉眷恋，集中以干草和畜粪之气息困惑着"我"的心来写出。语言凝练集中，形象鲜明，给人以深刻印象。

1938年7月16日黄昏，武昌

赏　析

　　土地，在诗人的心中，占有重要的位置。那些黑黝黝的泥土以及畜粪干草的气息，在诗人的心中掀起一次又一次波澜。诗人对于土地的深沉的爱，常常渗透于诗中，从而寄托自己强烈的爱国主义热情。这些动人的诗情，常常催人泪下，这无疑是一首撼人心魄的诗篇。

读·思

　　这首诗要表达的内容和感情很简明，语言也极朴实平易，可是，这首诗却有着极强的艺术感染力。你认为道理何在？请结合全诗谈谈你的理由。

我爱这土地

导读 1938年10月，日本侵略者的铁蹄猖狂地践踏中国大地，诗人不得不随同文艺界众多人士一同撤出武汉。在国土沦丧、民族危亡的关头，诗人满怀对祖国的挚爱和对侵略者的仇恨，借由鸟儿嘶哑高歌的形象，于11月写下了这首洋溢着真挚爱国之情的诗。

假如我是一只鸟，[1]
我也应该用嘶哑的喉咙歌唱：
这被暴风雨所打击着的土地，
这永远汹涌着我们的悲愤的河流，
这无止息地吹刮着的激怒的风，
和那来自林间的无比温柔的黎明……
——然后我死了，
连羽毛也腐烂在土地里面。

为什么我的眼里常含泪水？
因为我对这土地爱得深沉……[2]

1938年11月17日

[1] 诗人设想自己是一只鸟，借此抒发对祖国的热爱之情。

[2] "土地"是艾青诗中常用意象之一，象征着生他养他而又多灾多难的祖国。

赏 析

　　这是一首泣血的爱国诗篇,诗人选用"鸟"这一具有特殊寓意的意象,以鸟对土地歌唱的形式,以象征的手法,表达出他对饱经沧桑的祖国大地真挚而深沉的爱。

读·思

　　这首诗运用象征手法,表达出诗人愿为祖国奉献一切的赤子深情。请运用象征手法写一段话,表达自己对祖国的情感。(100字左右)

马　赛

导读　马赛，这座法国的港口城市，曾经有过光荣。然而，后来它堕落了，给诗人留下了很坏的印象。在《马赛》一诗中，诗人直率地毫不客气地对它提出了指责和诅咒，这是为什么呢？

如今
无定的行旅已把我抛到这
陌生的海角的边滩上了。

看城市的街道
摆荡着，
货车也像醉汉一样颠扑，
不平的路
使车辆如村妇般
连咒带骂地滚过……
在路边
无数商铺的前面
潜伏着
期待着

看不见的计谋,

和看不见的欺瞒……

市集的喧声

像出自运动场上的千万观众的喝彩声般

从街头的那边

冲击地

播送而来……

接连不断的行人,

匆忙地,

跄踉地,

在我这迟缓的脚步旁边拥去……

他们的眼都一致地

观望他们的前面

——如海洋上夜里的船只

朝向灯塔所指示的路,

像有着生活之幸福的火焰

在茫茫的远处向他们招手

……

在你这陌生的城市里,

我的快乐和悲哀,

都同样地感到单调而又孤独!

像唯一的骆驼,

在无限风飘的沙漠中,

寂寞地寂寞地跨过……

街头群众的欢腾的呼嚷,

也像飓风所煽起的砂石,

向我这不安的心头

不可抗地飞来……

午时的太阳,

是中了酒毒的眼,

放射着混沌的愤怒

和混沌的悲哀……

它

嫖客般

凝视着

厂房之排列与排列之间所伸出的

高高的烟囱。

烟囱!

你这为资本所奸淫了的女子!

头顶上

忧郁的流散着

弃妇之披发般的黑色的煤烟……

多量的

装货的麻袋,

像肺结核病患者的灰色的痰似的

从厂旁的门口,

不停地吐出……看![1]

工人们摇摇摆摆地来了!

如这重病的工厂

是养育他们的母亲——

保持着血统

[1] 运用大胆的联想和想象,对马赛的事物进行无情犀利的刻画。

他们也像她一样的肌瘦枯干！

他们前进时

溅出了沓杂的言语，

而且

一直把烦琐的会话，

带到电车上去，

和着不止的狂笑

和着习惯的手势

和着红葡萄酒的

空了的瓶子。

海岸的码头上，

堆货栈

和转运公司

和大商场的广告，

强硬地屹立着

像林间的盗

等待着及时而来的财物。

那大邮轮

就以熟识的眼对看着它们

并且彼此相理解地喧谈。

若说它们之间的

震响的

冗长的言语

是以钢铁和矿石的词句的，

那起重机和搬运车

就是它们的怪奇的嘴。

这大邮轮啊

世界上最堂皇的绑匪！

几年前

我在它的肚子里

就当一条米虫般带到此地来时，

已看到了

它的大肚子的可怕的容量。

它的饕餮的鲸吞

能使东方的丰饶的土地

遭难得

比经了蝗虫的打击和旱灾

还要广大，深邃而不可救援！

半个世纪以来

已使得几个民族在它们的史页上

涂满了污血和耻辱的泪……

而我——

这败颓的少年啊，

就是那些民族当中

几万万里的一员！

今天

大邮轮将又把我

重新以无关心的手势，

抛到它的肚子里，

像另外的

成百成千的旅行者们一样。

马赛！

当我临走时

我高呼着你的名字！

而且我

以深深了解你的罪恶和秘密的眼，

依恋地

不忍舍去地看着你，

看着这海角的沙滩上

叫嚣的

叫嚣的

繁殖着那暴力的

无理性的

你的脸颜和你的

向海洋伸张着的巨臂，

因为你啊

你是财富和贫穷的锁孔，

你是掠夺和剥削的赃库。

马赛啊

你这盗匪的故乡

可怕的城市！[2]

[2] 直抒胸臆，痛快淋漓地表达了诗人对马赛的感觉，使人更深刻地去领略马赛的丑恶。

赏 析

诗人的感情色彩是鲜明的，诗人在马赛的感受也是鲜明的。诗人从千千万万劳苦大众的情感出发，对马赛进行了深沉的思索，并流露在笔端，活脱地刻画出了马赛的罪恶形象。诗人曾说："我爱的是自由的、艺术的、有着《马赛曲》光荣历史的欧罗巴，反对和否定的是帝国主义的欧罗巴。"

读·思

艾青的诗歌常用直抒胸臆的手法。本诗语言直白，起到了无情犀利的刻画作用，如"你是财富和贫穷的锁孔，你是掠夺和剥削的赃库。马赛啊/你这盗匪的故乡/可怕的城市"。请尝试运用该手法写一首诗。

四十年代

刈草的孩子

导读 写作《刈草的孩子》这首诗时，艾青应友人之邀来到一所乡村师范学校任教员。在乡村环境下，在民族存亡斗争激烈的背景下，诗人的心灵关注到了普通百姓的生存命运。

夕阳把草原燃成通红了。

刈草的孩子无声地刈草，

低着头，弯曲着身子，忙乱着手，

从这一边慢慢地移到那一边……

草已遮没他小小的身子了——[1]

在草丛里我们只看见：

一只盛草的竹篓，几堆草，

和在夕阳里闪着金光的镰刀……

[1] 诗人有意地在诗中强调了孩子割草的动作，强调"草已遮没他小小的身子"。那个年代，民族危亡、国家飘摇，苦难也压在了一个乡村孩子身上，他不仅没有开心、舒适的童年，还要为了生计辛苦劳作，读书更成为一种奢望。

1940 年

赏 析

在这首诗中，诗人主要运用动作描写出了孩子在夕阳下刈草的场景，用"夕阳""小小的身子""闪着金光的镰刀"等意象，表达出作者对战争年代年少的孩子早早担起生活重担的悲愤，以及对贫苦人民的同情。

读·思

开头一句"夕阳把草原燃成通红了"，结尾一句"和在夕阳里闪着金光的镰刀……"营造了一种怎样的氛围？衬托出刈草男孩怎样的特点？

旷　野

> **导读**　"我始终是旷野的儿子。"1940 年，艾青在湖南新宁县的一所乡村学校任教时写下《旷野》一诗。诗人以他那细致而准确的笔触，在我们面前展开了一幅生动凄苍的农村图画。诗人写到了旷野上的山坡、小路、池沼、小屋、田畴、农人，也写到了旷野上的雾、墓堆和石碑……诗人这样精细地描绘旷野上的景色，是要告诉人们什么呢？

薄雾在迷蒙着旷野啊……[1]

看不见远方——
看不见往日在晴空下的
天边的松林，
和在松林后面的
迎着阳光发闪的白垩（è）岩了；
前面只隐现着
一条渐渐模糊的
灰黄而曲折的道路，
和道路两旁的

[1] "旷野"这一意象不同于"土地"，"旷野"不仅包含了"土地"，还有农屋和农人，还涵盖了旷野中自然界的诸多景物。

乌暗而枯干的田亩……

田亩已荒芜了——
狼藉着犁翻了的土块，
与枯死的野草，
与杂在野草里的
腐烂了的禾根；
在广大的灰白里呈露出的
到处是一片土黄，暗赭，
与焦茶的颜色的混合啊……
——只有几畦萝卜，菜蔬
以披着白霜的
稀疏的绿色，
点缀着
这平凡，单调，简陋
与卑微的田野。

那些池沼毗连着，
为了久旱
积水快要枯涸了；
不透明的白光里
弯曲着几条淡褐色的
不整齐的堤岸；
往日翠茂的
水草和荷叶
早已沉淀在水底了；

留下的一些
枯萎而弯曲的枝干,
呆然站立在
从池面徐缓地升起的水蒸气里……

山坡横陈在前面,
路转上了山坡,
并且随着它的起伏
而向下面的疏林隐没……
山坡下,
灰黄的道路的两旁,
感到阴暗而忧虑的
只是一些散乱的墓堆,
和快要被湮埋了的
黑色的石碑啊。

一切都这样地
静止,寒冷,而显得寂寞……[2]

灰黄而曲折的道路啊!
人们走着,走着,
向着不同的方向,
却好像永远被同一的影子引导着,
结束在同一的命运里;
在无止的劳困与饥寒的前面
等待着的是灾难,疾病与死亡——

[2] 经过一系列的对旷野的客观描述,诗人表达了自己的主观感受,那里静止、寒冷且寂寞。

彷徨在旷野上的人们

谁曾有过快活呢？

然而

冬天的旷野

是我所亲切的——

在冷彻肌骨的寒霜上

我走过那些不平的田塍，

荒芜的池沼的边岸，

和褐色阴暗的山坡，

步伐是如此沉重，直至感到困厄

——像一头耕完了土地

带着倦怠归去的老牛一样……

而雾啊——

灰白而混浊，

茫然而莫测，

它在我的前面

以一根比一根更暗淡的

电杆与电线，

向我展开了

无限的广阔与深邃……

你悲哀而旷达，

辛苦而又贫困的旷野啊……

没有什么声音，
一切都好像被雾窒息了；
只在那边
看不清的灌木丛里
传出了一片
畏慑于严寒的
抖索着毛羽的
鸟雀的聒噪……[3]

在那芦蒿和荆棘所编的篱围里
几间小屋挤聚着——
它们都一样地
以墙边柴木的凌乱，
与竹竿上垂挂的褴褛，
叹息着
徒然而无终止的勤劳；
又以凝霜的树皮盖的屋背上
无力地混合在雾里的炊烟，
描画了
不可逃避的贫穷……

人们在那些小屋里
过的是怎样惨淡的日子啊……
生活的阴影覆盖着他们……
那里好像永远没有白日似的，
他们和家畜呼吸在一起，

[3] 强化了"雾"的写实与隐喻意义，雾不仅模糊了旷野上的景物，还窒息了一切。

旷 野

——他们的床榻也像畜棚啊；
而那些破烂的被絮，
就像一堆泥土一样的
灰暗而又坚硬啊……

而寒冷与饥饿，
愚蠢与迷信啊，
就在那些小屋里
强硬地盘据着……

农人从雾里
挑起篾箩走来，
篾箩里只有几束葱和蒜；
他的毡帽已破烂不堪了，
他的脸像他的衣服一样污秽，
他的冻裂了皮肤的手
插在腰束里，
他的赤着的脚
踏着凝霜的道路，
他无声地
带着扁担所发出的微响，
慢慢地
在蒙着雾的前面消失……

旷野啊——
你将永远忧虑而容忍
不平而又缄默么？[4]

[4] 诗文行至最后，诗人不禁设问：我们要一直沉默容忍吗？要改变这一切就必须进行广泛而深刻的斗争！

薄雾在迷蒙着旷野啊……

1940年1月3日晨

赏　析

  《旷野》的主题是对农民命运的关注和思考，但艾青并没有一开篇就直奔主题，而是从外在的"旷野"写起。整首诗从远而近，从旷野、中经叙述者，再到乡村和农民。

> **读·思**
>
>   白描是指用朴素简练的文字描摹形象，不重辞藻修饰与渲染烘托。这首诗运用白描深切入微地描绘了旷野的景色，并将作者的情感融入白描之中。试着运用白描手法描绘家乡的美景吧！

冬天的池沼

> **导读** 此诗写于1940年1月,时值诗人与前妻张竹茹婚姻终结不久。诗人在一段婚姻的终结中,隐藏了难以言说的苦衷、辛酸与苍茫。此时国内仍在抗战,诗人目睹国内人民的苦难,更是心有忧郁,因而作此诗。

冬天的池沼,
寂寞得像老人的心——
饱历了人世的辛酸的心;

冬天的池沼,
枯干得像老人的眼——
被劳苦磨失了光辉的眼;

冬天的池沼,
荒芜得像老人的发——
像霜草般稀疏而又灰白的发;

冬天的池沼,

[1] 全诗共有四组比喻，以老人的形象来比喻冬天的池沼的形象，实写"冬天的池沼"，实际虚写诗人心中的意象"老人"。

阴郁得像一个悲哀的老人——
佝偻在阴郁的天幕下的老人。[1]

1940年1月11日

赏 析

  这首诗运用大量比喻，这些比喻的中心语是老人，更加生动形象地突出了冬天的沼泽寂寞、枯干、荒芜、阴郁的特点。诗人面对冬天的池沼，内心深处在焦灼地期待着，期待着这种景象的改变。

读·思

  请根据导读中的提示，分析这首诗反映了诗人当时怎样的心情。

解 冻

> **导读** 1940 年 1 月 27 日,艾青于湖南新宁写下《解冻》这首诗。当时的国家正处于民族存亡的重要时刻,诗人的心情可想而知:渴望土地的解冻,人民的苏醒,民族的解放。

多少日子被严寒窒息着
多少残留的生命,
在凝固着的地层里
发出了微弱的喘吁……[1]
今天,接受了这温暖的抚慰,
一切冻结着的都苏醒了——
深山里的积雪呀,
溪涧里的冰层呀,
在这久别的阳光下
融化着,解裂着……
到处都润湿了,
到处都淋着水柱
在这晴朗的早晨,
每一滴水

[1] 国家正处于民族危亡的重要时刻,诗人是多么热切地盼望解冻啊!

[2] 这不仅仅是大地的解冻，更是人民的苏醒，民族的解放。

都得到了光明的召唤，
欣欣地潜入低洼处，
转过阴暗的角落，
沿着山脚
向平野奔流……[2]

平野摊开着，
被由山峰所投下的黑影遮蔽着
乌暗的土地，
铺盖着灰白的寒霜，
地面上浮起了一层白气，
它在向上升华着，升华着，
直到和那从群山的杂乱的岩石间
浮移着的云团混合在一起……
而太阳就从这些云团的缝隙
投下了金黄的光芒，
那些光芒不安定地
熠耀着平野边上的山峦，
和沿着山峦而曲折的江河。

于是
被从各处汇集拢来的水潮所冲激，
江水泛滥了——
它卷带着
从山顶崩下的雪堆，
和溪流里冲来的冰块，

互相拼击着，飘撞着，

发出碎裂的声音流荡着

那些波涛

喧嚷着，拥挤着，

好像它们

满怀兴奋与喜悦

一边捶打着朽腐的堤岸，

一边倾泻过辽阔的平野，

难于阻拦地前进着，

经过那枯褐的树林，

带着可怕的洪响，

淘涌到那

闪烁着阳光的远方去了……

1940年1月27日，湘南

赏　析

　　这首诗描绘出了大自然解冻时的景象，热情洋溢地抒发了诗人相信祖国大地不会永远地封冻着，总有解冻的时候，给处于苦难中的人民以鼓舞。

读·思

　　艾青的诗歌常常用最平凡的语言讲述最深刻的道理，试着将这种方法运用到你的作文中去吧！

树

> **导读** 《树》写于1940年春天，此时抗日战争正转入艰苦的相持阶段。这场民族战争正给予全体人民一次洗礼，使他们的灵魂在战争中经受严酷的磨炼，日益走向精神的觉醒。艾青正是深切地体察到了时代和社会脉搏的动向，意识到了民族的觉醒已经到来。

一棵树，一棵树

彼此孤立地兀立着[1]

风与空气

告诉着它们的距离

但是在泥土的覆盖下

它们的根伸长着

在看不见的深处

它们把根须纠缠在一起

1940 年春

[1] "树"象征着对自由生命的渴望和对生命的思考，"彼此孤立地兀立着"反映了中华民族遭受凌辱的精神受到扭曲的现状。

赏　析

　　这是一首借物抒情的诗,诗歌以点带面,小中见大,在冷静的客观描述之中寄寓了丰富的思想内容。这首诗表现了抗日战争期间中国人民在日本侵略者的铁蹄之下,仍旧紧密团结、不屈不挠的精神;表现了当时在国民党统治区里,我地下工作者面对刀丛团结一心、英勇机智的斗争精神;表现了人们在艰难的岁月里,面对敌对势力的强大压力,于暗地里交臂携手、团结反抗的意志。

读·思

　　1. 读书有很多方法,日本的奥野宣之《如何有效阅读一本书》中就强调了读书笔记的重要性,要通过做笔记汲取书中营养。小州读了这首《树》,写了下面的读书笔记,请你根据诗意把它补充完整。

　　今天读诗歌《树》,初读诗歌,觉得是一首写景诗,描写根须缠在一起,树干彼此独立的两棵树。

　　再读诗歌,发现诗人运用了对比的手法,从表面看,树与树之间没有联系,但在"泥土的覆盖下",其实是根须纠缠在一起的,这就给我们启示:_____。

　　第三遍读诗歌,我先了解了诗人作诗的背景:1939年艾青到湖南任教,感受到长期奴化的人们都为自己活,彼此没有联系,而诗人知道有些人在白色恐怖下还是有力量的。所以,我觉得这首诗歌的深刻主题应该是_____。

　　2. 借物抒情,是一种以描写事物来表达自己思想感情的写作方法。运用借物抒情的方法,关键是找准物品的特点与自己的感情引起共鸣的地方,使物品与感情相统一,使感情有所依托。请选取一种熟悉的事物,写一段抒情性文字。(100字左右)

火 把

> **导读** 《火把》创作于1940年5月初,是诗人十几篇叙事长诗中,最为优秀、最有影响力的一篇。1940年前后,抗日阵营之内出现了严重危机,以汪精卫为首的国民党反动派公开投敌,当了汉奸,蒋介石政府又不断地掀起反共高潮。群众性的民主运动由此爆发,对这股反动逆流进行了广泛的斗争……有很多青年在《火把》的鼓舞下,走上了革命的征途。

一、邀

"唐尼 时候到了
快点吧"

"李茵
你坐下
我梳一梳头
换一换衣
…………
你看我的头发
这么乱

我的梳子

　　哪儿去了?"

"你的梳子

刚才我看见的

它夹在《静静的顿河》里"

"啊　头发都打了结

以后我不再打篮球了

……今天下午

我沿着那小河回来

看见河边搁着

一个淹死了的伤兵

涨着肚子没有人去理会

……今天我一定要倒霉"

"唐尼　时候到了

快点吧"

"好　你别急

我换一换衣

——这制服又忘了烫

算了吧

反正在晚上

……李茵

你看我又胖了

这衣服真太紧

差点儿要挣破

前年在汉口
我也穿了这制服
参加游行的"

"快点吧　时候到了
别再说话"

"李茵　你真急
我还要擦一擦脸
这油光真讨厌——"

"你跑那边去找什么？
找什么？唐尼！
　　你的粉盒
　　　　压在《大众哲学》上
　　你的口红
　　　　躺在《论新阶段》一起。"

"李茵！"

"快点吧　唐尼
七点三刻了"

"好
我穿好鞋子马上跑
到八点集合

来得及"

"我的鞋拔呢?"

"在你哥哥的照相的旁边"

"啊　哥哥
假如你还活着
今晚上
你该多么快活!"

"唐尼
今晚上
你真美丽"

"李茵
你再说我不去了"

"你不去也好
留在家里可以睡觉"

"好了　走吧
妈　你来把门闩上
今晚上
我很迟才回来"
(一个老迈的声音从里面传出)

"尼尼　孩子

今晚上天很黑

别忘了带电筒"

"不要　妈

今晚上

我带火把回来"[1]

二、街　上

"今夜的电灯好像

特别亮　你看那街上

这么多人　这么多人！

好像被什么旋风刮出来的

哪儿来的这么多人？

这城市　哪儿来的

这么多人？他们

都到哪儿去？啊　是的

他们也去参加火炬游行……

那些工人　那些女工

那些店员　那些学生

那些壮丁　那些士兵

都来了　都来了

所有的人都来了

我们的校工也来了

我们的号兵也来了

那么多的旗　那么多的标语……

[1] 作者借索求火把，表达了驱逐黑暗、坚持斗争、争取胜利的美好愿望。

还有那些宣传画　那么大；
红的　白的　黄的　蓝的旗……
领袖们的肖像　被举在空中。
啊　看那边：还要多　还要多
他们跑起来了　都跑起来了，
有的赶不上了　落下了……
你看：那个黄脸的号兵
晃郎着号角气都喘不过来；
那些学生唱起歌来了：

　　起来
　　　不愿做奴隶的人们……
他们跑得多么快啊
他们去远了　去远了……"

"唐尼　时间到了
我们到公共体育场去集合吧
我们赶快
从这小巷赶上去！"[2]

三、会　场

"她们都到了　她们都到了
赖英的头上打了一个丝结
她们都到了　大家都到了
何慧芳的眼镜在发亮
大家都到了　连那些小的也来了
刘桃芬　康素琴　李娟

[2] 作者浓墨重彩地描绘了群众集会和火炬游行的浩大声势，不仅充分表现了气壮山河的爱国主义的伟力，也体现了作者在艺术创作上的新的追求和大胆尝试。

啊　你们都来了　我们迟了

我们迟了　我们是从小巷赶来的

台上的煤气灯

照得这会场像白天

你这制服哪儿做的？

同你的身体很合适

我的是前年在汉口做的

太紧了　小得叫人闷气

今晚倒还凉

毛英华

你的皮鞋擦得好亮

啊

那么多工人　那么多　你们看

每只手像一个木榔头

脸上是煤灰　像从烟囱里出来的

他们都瞪着眼在看什么？他们

都张着嘴在等什么？他们

都一动不动的在想什么？他们

朝我们这边看了　朝我们这边看了

那些眼睛像在发怒地

像在发怒地看着我们

啊　我真怕他们那些眼睛

这边

这边全是学生　全是

那个胖家伙跌了跤了

你们看：写信给彭菲灵的

就是他

　　　　写信给邓健的

也是他

　　　　听说他的体重有两百零五磅

　　　　　　　　　　真可怕

这是什么学校的

蠢样子　个个都那么呆

那个打旗的像要哭出来

他们乱了　前面的踏着后面的脚

我们退后面一点　排好

　　　　　　　李茵哪儿去了？

你看见李茵在哪里？

啊　看见了

　　　　　她和那抗宣队的在一起

为什么脸上显得那么忧愁

她又笑了　她来了……

李茵来！

　　　我和你一起！

他们也来了　他也来了

他为什么低着头　像在想着什么？

他也想什么？　那么困苦地想什么？

他抬起头了　他在找……

他看见了　但他又把头低下去

他为什么低着头　像在想着什么?

李茵　你在这里等一下
我去看看他"

"克明　我和你说几句话
克明　你好么?"

"我很好——
你有什么话
请快点说吧"

"我不是要来和你吵架
我问你:
我写了三封信给你　你为什么不理?"

"唐尼　这几天
我正在忙着筹备今夜的大会
而且你的信
只说你有点头痛
只说讨厌这天气
对于这些事我有什么办法呢
而且我已不止劝过你一次……"

"而且
你正忙于交际呢!"

"什么意思？"

"这只有你自己最清楚。"
（人们在她和他之间走过
　　又用眼睛看看他们的脸）
"明天再好好谈吧
或者——我写一封长信给你
播音筒已在向台前说话"
　　（一个声音在空气中震动）
"开会！"

四、演　说

煤油灯从台上
发光　演说的人站在台上
向千万只耳朵发出宣言
他的嘴张开　声音从那里出来
他的手举起　又握成拳头
他的拳头猛烈地向下一击
嘴里的两个字一齐落下："打倒！"
他的眼睛在灯光下闪烁
像在搜索他所模拟的敌人
他的声音慢慢提高
他的感情慢慢激昂
他的心像旷场一样阔宽
他的话像灯光一样发亮

无数的人群站在他的前面

无数的耳朵捕捉他的语言

这是钢的语言　矿石的语言

或许不是语言　是一个

铁锤拼打在铁砧上

也或许是一架发动机

在那儿震响　那声音的波动

在旷场的四周回荡

在这城市的夜空里回荡

这是电的照耀

这是火的煽动

这是煽起火焰的狂风

这是暴怒了的火焰

这是一种太沉重的捶击

每一下都捶在我们的心上

这是一阵雷从空中坠下

这是一阵暴风雨

吹刮过我们所站的旷场

这是一种可怕的预言

这是一种要把世界劈成两半的宣言

这是一种使旧世界流泪忏悔的力量

这不是语言　这是

一架发动机在鸣响

这是一个铁锤击落在铁砧上

这是矿石的声音

这是钢铁的声音

这声音像飓风

它要煽起使黑夜发抖的叛乱

听呵　这悠久而沉洪

喧闹而火烈的

群众的欢呼鼓掌的浪潮……

五、"给我一个火把"

火把从那里出来了

火把一个一个地出来了

数不清的火把从那边来了

美丽的火把

耀眼的火把

热情的火把

金色的火把

炽烈的火把

人们的脸在火光里

显得多么可爱

在这样的火光里

没有一个人的脸不是美丽的

火把愈来愈多了

愈来愈多了　愈来愈多了

火把已排成发光的队伍了

火把已流成红光的河流了

火光已射到我们这里来了

火光已射到我们的脸上了

你们的脸在火光里真美

你们的眼在火光里真亮

你们看我呀我一定也很美

我的眼一定也射出光彩

因为我的血流得很急

因为我的心里充满了欢喜

让我们跟着队伍走去

跟着队伍到那边去

到那火把出来的地方去

到那喷出火光的地方去

快些去　快些去　快去

去要一个火把……

"给我一个火把！"

"给我一个火把！"

"给我一个火把！"

你们看

我这火把

亮得灼眼啊……

这是火的世界……

这是光的世界……

六、火的出发

"火把的烈焰

赶走了黑夜"

把火把举起来

把火把举起来

把火把举起来

每个人都举起火把来

一个火把接着一个火把

无数的火把跟着火把走

慢慢地走整齐地走

一个紧随着一个

每个都把火把

举在自己的前面

让火光照亮我们的脸

照亮我们的

   昨天是愁苦着

   今天却狂喜着的脸

照亮我们的

   每一个都像

   基督一样严肃的脸

照亮我们的

   昂起着的胸部

   ——那里面激荡着憎与爱的

　　　　　　　血液
照亮我们的脚
　　　　　即使脚踝流着血
　　　　　也不停止前进的脚
让我们火把的光
照亮我们全体
　　　　　没有任何的障碍
　　　　　可以阻拦我们前进的全体
照亮我们这城市
和它的淌流过正直人的血的街
照亮我们的街
和它的两旁被炸弹所摧倒的房屋
照亮我们的房屋
和它的崩坍了的墙
和狼藉着的瓦砾堆
让我们的火把
照亮我们的群众
挤在街旁的数不清的群众
挤在屋檐下的群众
站满了广场的群众
让男的　女的　老的　小的
都以笑着的脸
迎接我们的火把

让我们的火把
叫出所有的人

叫他们到街上来
让今夜
这城市没有一个人留在家里

让所有的人
都来加入我们这火的队伍

让卑怯的灵魂
腐朽的灵魂
发抖在我们火把的前面

让我们的火把
照出懦弱的脸
畏缩的脸

在我们火光的监视下
让犹大抬不起头来

让我们每个都成为普罗米修斯
从天上取了火逃向人间
让我们的火把的烈焰
把黑夜摇坍下来
把高高的黑夜摇坍下来
把黑夜一块一块地摇坍下来

把火把举起来

把火把举起来

把火把举起来

每个人都举起火把来

七、宣传卡车

那被绳子牵着的

是汉奸

　　　　那穿着长袍马褂

戴着瓜皮帽的

是操纵物价的奸商

　　　　那脸上涂了白粉

眉眼下垂　弯着红嘴的

是汪精卫

　　　　那女人似的笑着的

是汪精卫

那个鼻子下有一撮小胡子的

日本军官

　　　　搂着一个

中国农夫的女人

那个女人

像一头被捉住的母羊似的叫着又挣扎着

那军官的嘴

　　　　像饿了的狗看见了肉骨头似的

　　　　张开着

那个女人

　　　　　伸出手给那军官一个巴掌
那个汪精卫
　　　　　拉上了袖子
　　　　　用手指指着那女人的鼻子
　　　　　骂了几句
那个汪精卫
　　　　　在那军官的前面跪下了
那个汪精卫
　　　　　花旦似的
　　　　　向那日本军官哭泣
那日本军官
　　　　　拍拍他的头又摸摸他的脸
那个汪精卫
　　　　　女人似的笑了
他起来坐在那军官的腿上
他给那军官摸摸须子
他把一只手环住了那军官的颈
他的另一只手拿了一块粉红色的手帕
他用那手帕给那军官的脸轻轻地抚摸
那军官的脸是被那女人打红了的
那军官就把他抱得紧紧的
那军官向那汪精卫要他手中的手帕
那军官在汪精卫涂了白粉的脸上香了一下
那汪精卫撒着娇
　　　　　把那手帕轻轻地在日本军官的前面抖着
那日本军官一手把那手帕抢了去

那手帕上是绣着一个秋海棠叶的图案的
那军官张开血红的嘴
　　　　　大笑着　　大笑着
那军官从裤袋里摸出几张钞票
给那个汪精卫
那军官拍拍他的脸
又用嘴再在那脸上香了一下

四个中国兵　　走拢来　　走拢来
用枪瞄准他们
瞄准那个日本军官　　瞄准奸商　　汉奸
　　瞄准汪精卫
在四个兵一起的
　　　　　　是工人　　农人　　学生
他们一齐拥上去
　　　　　　把那些东西扭打在地上
连那个女人都伸出了拳头
那个农夫又给那个跪着求饶的汪精卫猛烈的一脚
那个学生向着街旁的群众举起了播音筒
"各位亲爱的同胞！我们抗战已经三年！
敌人愈打愈弱　　我们愈打愈强
只要大家能坚持抗战！坚持团结！
反对妥协　　肃清汉奸
动员民众　　武装民众
最后的胜利一定属于我们！"

八、队　伍

这队伍多么长啊　多么长

好像把这城市的所有的人都排列在里面

不　好像还要多　还要多

好像四面八方的人都已从远处赶来

好像云南　贵州　热河　察哈尔的都已赶来

好像东三省　蒙古　新疆　绥远的都已赶来

好像他们都约好今夜在这街上聚会

一起来排成队　看排起来有多么长

一起来呼喊　看叫起来有多么响

我们整齐地走着　整齐地喊

每人一个火把　举在自己的前面

融融的火光啊　一直冲到天上

把全世界的仇恨都燃烧起来

我们是火的队伍

我们是光的队伍

软弱的滚开　卑怯的滚开

让出路　让我们中国人走来

昏睡的滚开　打呵欠的滚开

当心我们的脚踏上你们的背

滚开去——垂死者　苍白者

当心你们的耳膜　不要让它们震破

我们来了　举着火把　高呼着

用霹雳的巨响　惊醒沉睡的世界

我们是火的队伍

我们是光的队伍

人愈走愈多　队伍愈排愈长

声音愈叫愈响　火把愈烧愈亮

我们的脚踏过了每一条街每一条巷

我们用火光搜索黑暗

把阴影驱赶

卫护我们前进

我们是火的队伍

我们是光的队伍

这队伍多么长啊　多么长

好像全中国的人都已排列在里面

我们走过了一条街又一条街

我们叫喊一阵又歌唱一阵

我们的声音和火光惊醒了一切

黑夜从这里逃遁了

哭泣在遥远的荒原

九、来

你们都来吧

你们都来参加

不论站在街旁

还是站在屋檐下

你们都来吧

你们都来参加

女人们也来

抱着小孩的也来

大家一起来

一起来参加

来喊口号　来游行

来举起火把

来喊口号　来游行

来举起融融的火把

把我们的愤怒叫出来

把我们的仇恨烧起来[3]

十、散　队

我们已走遍了这城市的东南西北

我们已走遍了这城市的大街小巷

"李茵　我们已到这么远的地方。

现在我们得回去　队伍散了……

但是　你看　那些人仍旧在呼唱

他们都已在兴奋里变得癫狂

每个人都激动了　全身的血在沸腾

[3] 第四至第九章节，描写了会场演说、火把游行队伍出发等激动人心的热烈场面，显示出人们同仇敌忾、团结一致、抗战到底的决心。

李茵　刚才火把照着你狂叫着的嘴
我真害怕　好像这世界马上要爆开似的
好像一切都将摧毁　连摧毁者自己也摧毁"

"唐尼　你看见的么　我真激动
好像全身的郁气都借这呼叫舒出了
唐尼　你的脸　也很异样
告诉我　唐尼
当那洪流般的火把摆荡的时候
你曾想起了什么？看见了什么？"

"李茵　那真是一种奇迹——
当我看见那火把的洪流摆荡的时候
的确曾想起了一种东西
看见了一种东西
一种完全新的东西
我所陌生的东西……"

十一、他不在家

"真的　李茵
你见到克明么
在那些走在前面的队伍里
你见到克明么
那些学生没有一刻是安静的
他们把口号叫得那么响
又把火把举得那么高

他们每个都那么高大　那么粗野

好像要把这长街

当作他们的运动场

火把照出他们的汗光

我真怕他们

他们好像已沿着这城墙走远……

但是　李茵

当队伍散开的时候

你见到克明么"

"他一定从那石桥回去了

这里离他住的地方

不是只要转一个弯么

我陪你去看他"

一〇三

一〇五

一〇七号——到了

"打门吧

（TA！TA！TA！）

他不在家"

十二、一个声音在心里响

"你在哪里？你在哪里？

这么大的地方哪儿去找你呢？

这么多的人怎能看到你呢？

这么杂乱的声音怎能叫你呢？

我举着火把来找你

你在哪里？你在哪里？

今夜多么美　你在哪里？

你在哪里？我的脸发烫

我的心发抖　你在哪里？

我举着火把来找你

你在哪里？你在哪里？

这么多人没有一个是你

这么多火把过去都没有你

这么多火光照着的脸都不是你

我举着火把来找你

我要看见你！我要看见你！

我要在火光里看见你……

我要用手指抚摸你的脸　你的发

我的这手指不能抚摸你一次么？

我举着火把来找你

无论如何　我要看见你啊

我要见你　听你一句话

只一句话：'爱与不爱'
你在哪里？你在哪里？"

十三、那是谁

"唐尼　他来了
从十字街口那边转弯
来了。克明来了
你看　前额上闪着汗光
他举着火把走来了……"

"那是谁？那是谁？
和他一起走来的
那是谁？那穿了草绿色的裙装的
女子是谁？那头发短得像马鬃的
女子是谁？那大声地说着话的
又大声地笑着的女子是谁？
那走路时摇摆着身体的
女子是谁？那高高地挺起胸部的
女子是谁？

她在做什么？做什么？
她指手画脚地在做什么？
她在说什么？说什么？
她在和他大声地说着什么？
她在说什么？还是在辩论什么？
你听　她在说什么？那么响：

'目前——我们的

　　工作——开展……

　　主观上的弱点——

　　正在克服……

　　目前——我们

　　激烈地批判——

　　残留着的

　　小资产阶级的

　　劣根性……

　　以及——妨碍工作的

　　恋爱……

　　受到了无情的

　　打击！

　　目前——我们的

　　工作——开展……'

他们走近来了……

他们走近来了……李茵——

我们——"

"唐尼　让我

向他们打招呼……"

"不要！

李茵　我头昏

我们从这小巷回去吧"

今夜　你们知道

谁的火把

最先熄灭了

又从那无力的手中

滑下？[4]

十四、劝　一

"唐尼　我在火光里

看见了你的眼泪

唐尼　这样的夜

你不感到兴奋么　唐尼

唐尼　你不应该

在大家都笑着的时候哭泣

唐尼　爱情并不能医治我们

却只有斗争才把我们救起　唐尼

你应该记起你的哥哥

才五六年　你应该能够记起

唐尼　不要太渴求幸福

当大家都痛苦的时候

个人的幸福是一种耻辱　唐尼

唐尼　只要我们眼睛一睁开

就看见血肉模糊的一团……

假如你还有热情　还有人性

你难道忍心一个人去享乐？

我们有太多的事情要做

[4] 第十至第十三章节，揭示唐尼在火把游行中内心受到的震动与思想上的矛盾。

你怎么应该哭　唐尼

你要尊敬你的哥哥

为了他而敛起眼泪

唐尼　你是他的妹妹

如你都忘了他

谁还能记得他呢

唐尼　坐下来

在这河边坐下来

让我好好和你说……"

"李茵

请把你的火把

吹熄吧"

"好的——

我有火柴

随时可以点着它"

"这样

倒舒服些……"

十五、劝　二

"我还有好些事要告诉你……"

——《圣经·新约·约翰福音》十六章十二节

"唐尼　现在让我告诉你

我也是哭泣过的　两年前

我曾爱过一个军官

我们一起过了美满的一个月

但他却把我玩了又抛掉了

我曾哭过一个星期

你知道　我是一个人

从沦陷了的家乡跑出来的

　　　（几个人举着火把
　　　　从她们前面过去……）

"认识我的人们

在我幸福时

他们妒忌我

在我不幸时

他们嘲笑我

假如我没有勇气抵抗那些

冷酷的眼和恶毒的嘴

我早已自杀了

"但我很快就把心冷静下来

——我不怨他　我们这年头

谁能怨谁呢　我只是

拼命看书——我给你的那些书

都是那时买的。我变得很快

我很快就胖起来。完全像两个人

心里很愉快。我发现自己身上

好像有一种无穷的力。我非常

渴望工作。我热爱人生——

　　　　（几个人举着火把过去）

"生命应该是永远发出力量的机器

应该是一个从不停止前进的轮子

人生应该是

一种把自己贡献给群体的努力

一种个人与全体取得

调协的努力

……我们应该宝贵生命

不要把生命荒废

　　　　（几个人举着火把

　　　　　从她们前面过去……）

"我很乐观　因为感伤并不能

把我们的命运改变　唐尼

我工作得很紧张。

我参加了一个团体——

唱歌　演戏　上街贴标语

给伤兵换药　给难民写信

打扫轰炸后的街　缝慰劳袋

我们的团体到过前线

我看见过血流成的小溪

看见过士兵的尸体堆成的小山

我知道了什么叫作'不幸'

足足有一年　我们

在轰炸　突围　夜行军中度过

我生过疥疮　生过疟疾 生过轮癣

我淋过雨　饿过肚子　在湿地上睡眠

但我无论如何苦都觉得快乐

同志们对我很好　我才知道

世界上有比家属更高的感情

"那团体已被解散了　如今

大家都分散在不同的地方

唐尼　我正在打听他们的消息

我想挨过这学期——啊　那旅馆的

电灯一盏盏地熄了……

唐尼　请你记住这句话：

……

只有反抗才是我们的真理

唐尼　克明现在不是很努力么

一个人变坏容易变好难

你如果真的爱他　难道

应该去阻碍他么？

　　　　　　唐尼

你是不是真的欢喜他呢？

你欢喜他那样的白脸么？……"

十六、忏悔一

"不要谈起这些吧……

李茵　你的话我懂得。

我感谢你——没有人

曾像你这样帮助过我

李茵　我会好起来的

　　　（几个人 举着火把

　　从她们前面过去……）

"本来　一个商人的女儿

会有什么希望呢？

而且我是在鸦片烟床上

长大的　五年前

我的父亲就要把我许给

一个经理的儿子　那时

我的哥哥刚死了半年。

我只知道哭　母亲和他吵，

过了几个月　他也死了。

他两个死了后

我家里就不再有快乐了。

"前年九月底　我和母亲

从汉口出来　在难民船上

认识了克明　他很殷勤

……不要说起这些吧

这都是我太年轻……

这都是我太安闲……

李茵　年轻人的敌人是

幻想——它用虹一样的光彩

和皂泡一样的虚幻来迷惑你

我就是这样被迷惑的一个……

　　（几个人　举着火把

　　　从她们前面过去……）

"李茵　这一夜

我懂得这许多

这一夜　我好像很清醒

我看见了许多　我更看见了

我自己——这是我从来都不曾看见过的

"我来在世界上已经十九个春天

这些年　每到春天　我便

常常流泪　我不知我自己

是怎么会到世界上来的

今天以前　我看这世界

随时都好像要翻过来

什么都好像要突然没有了似的

一个日子带给我一次悸动

生活是一张空虚的网

张开着要把我捕捉

所以我渴求着一种友谊

我将为它而感激一生……

我把它看作一辆车子

使我平安地走过

生命的长途

我知道我是错了……"

　　　（几个人　举着火把

　　唱着歌

　　从她们前面过去……）

"唐尼　不要太信任'友谊'二个字

而且　你说的'友谊'也不会在恋爱中得到

不要把恋爱看得太神秘

现代的恋爱

女子把男子看作肉体的顾客

男子把女子看作欢乐的商店

现代的恋爱

是一个异性占有的遁词

是一个'色情'的同义语。"

十七、忏悔二

"李茵

这世界太可怕了——

完全像屠场！

贪婪和自私

统治这世界

直到何时呢？"

"唐尼

人类会有光明的一天

'一切都将改变'

那日子已在不远

只要我们有勇气走上去

你的哥哥就是我们的先驱……"

我的哥哥是那么勇敢

他以自己的信仰决定一切

离开了家　在北方流浪

好几年都没有消息

连被捕时也没有信给家里

他是死在牢狱里的……

"而我

我太软弱了

　　　（十几个人　每人举着火把

　　　　粗暴地唱着歌

　　　　从她们的前面过去……）

"这时代

不容许软弱的存在

这时代

需要的是坚强

需要的是铁和钢

而我——可怜的唐尼

除了天真与纯洁

还有什么呢?

"我的存在

像一株草

我从来不敢把'希望'

压在自己的身上

"这时代

像一阵暴风雨

我在窗口

看着它就发抖

这时代

伟大得像一座高山

而我以为我的脚

和我的胆量

是不能越过它的

"但是 李茵 我的好朋友

我会好起来

李茵

你是我的火把

我的光明

——这阴暗的角落

除了你

从没有人来照射
李茵　我发誓
经了这一夜　我会坚强起来的

"李茵
假如我还有眼泪
让我为了忏悔和羞耻
而流光它吧

"李茵
——我怎么应该堕落呢
假如我不能变好起来
我愿意你用鞭子来打我
用石头来钉我！"

"唐尼
天真是没有罪过的。
我们认识虽只半年
但我却比你自己更多的了解你
我看见了'危险'
已隐伏在你的前面。
它已向你打开黑暗的门
欢迎你进去
不　从你身上我看见了我自己
看见了全中国的姊妹
——我背几句诗给你：

'命运有三条艰苦的道路

　　第一条　同奴隶结婚

　　第二条　做奴隶儿子的母亲

　　第三条　直到死做个奴隶

　　所有这些严酷的命运

　　罩住俄罗斯土地上的女人'

"我们是中国的女人

比俄国的更不如

我们从来没有勇气

改变我们自己的命运

难道我们永远不要改变么？

自己不改变　谁来给我们改变呢？

　　（在黑暗的深处

　　有几个女人过去

　　她们的歌声

　　撕裂了黑夜的苍穹：

　　'感受不自由莫大痛苦

　　你光荣的生命牺牲

　　在我们艰苦的斗争中

　　英勇地抛弃了头颅……'）

"这一定是演剧队的那些女演员……

这声音真美……

唐尼　时候不早

我们该回去了"

"好　李茵
今晚我真清醒
今晚我真高兴。
明天起　我要
把高尔基的《母亲》先看完"

"等一等　唐尼
让我把火把点起
……
明天会"

（唐尼举着火把很快地走
　　突然　她回过头来悠远地叫着：）

"李茵
要不要我陪你回去？"
"不要——
有了火把
我不怕"
"好　那么再见
这火把给你。"

"那么……你自己呢？"

"我是走惯了黑路的——
谢谢你这火把……"[5]

十八、尾　声

"妈！
(TA！TA！TA！)
开门吧"
(TA！TA！TA！)
"妈！
开门吧"

"妈！
开门吧"
(TA！TA！TA！)

"孩子
等一下
让我点了灯
天黑得很……"

"妈　你快呀
我带着火把来了"

"孩子
这火把真亮"

[5] 第十四至第十七章节，写李茵用自己的亲身经历与感受劝导唐尼，终于使唐尼有所觉悟。

"妈 你拿着它

我来关门

你把火把

插在哥哥照相的前面"

　　（母亲上床　唐尼

呆呆地望着火把

慢慢地　她看定了

那死了五年的青年的照片：）

"哥哥　今夜

你会欢喜吧

你的妹妹已带回了火把

这火把不是用油点燃起来的

这火把　是她

用眼泪点燃起来的……"

"孩子

这火把真亮

照得房子都通红了

你打嚏了——孩子冷了

怎么你的眼皮肿

——哭了？"

"没有。

今晚我很高兴

[6] 最后尾章，唐尼终于携带火把回家，暗示她踏上了新的人生道路。

只是火把的光
灼得我难受……"
"孩子　别哭了
来睡吧
天快要亮了。"[6]

1940年5月1日—4日

赏　析

《火把》对唐尼和李茵两个女青年在一次火炬游行中的不同表现和心理状态，以及唐尼最后的转变，做了生动的描写。

本诗通篇采用了口语和对话的形式，诗的情调使读者感到十分的亲切，诗句仿佛火把灼热的光焰，直透人的心脾。在《火把》通明的情境之中，场景和人物都是明朗的、现实的，没有抽象的描写。诗人写的是"火的世界，光的世界"，是"光明如何把黑暗驱赶到遥远的荒郊的故事"，为了具象显示光明与民主的火把的力量和精神浸入人心的强度与深度，为了要具象"个人如何被组织了的全体所激荡，所推进"。

读·思

艾青被称为"太阳与火把"的歌手，他常用"火把"的意象表达对光明、自由、胜利的不懈追求。保尔·柯察金（《钢铁是怎样炼成的》）、江姐（《红岩》）、贝多芬（《名人传》）都能体现这种追求，请选择一位，结合作品分析。

旷　野（又一章）

导读　1940年，艾青在湖南新宁写下《旷野》一诗；同年7月，他在重庆写下《旷野》（又一章）。诗人怀着深深的忧郁，描绘了旷野上的凋敝景象，字里行间抒发着激愤之情，让人读后深深地受其感染。

玉蜀黍已成熟得像火烧般的日子：
在那刚收割过的苎麻的田地的旁边，
一个农夫在烈日下
低下戴着草帽的头，
伸手采摘着毛豆的嫩叶。

静寂的天空下，
千万种鸣虫的
低微而又繁杂的大合唱啊，
奏出了自然的伟大的赞歌；
知了的不息聒噪
和斑鸠的渴求的呼唤，
从山坡的倾斜的下面

[1] 诗人从视觉、听觉等角度,刻画了旷野特有的景色,生动的描绘让人身临其境,奏出了一首大自然优美的乐章。

茂密的杂木里传来……

昨天黄昏时还听见过的
那窄长的峡谷里的流水声,
此刻已停止了;
当我从阴暗的林间的草地走过时,
只听见那短暂而急促的
啄木鸟用它的嘴
敲着古木的空洞的声音。[1]

阳光从树木的空隙处射下来,
阳光从我们的手扪不到的高空射下来,
阳光投下了使人感激得抬不起头来的炎热,
阳光燃烧了一切的生命,
阳光交付一切生命以热情;
啊,汗水已浸满了我的背;
我走过那些用鬖须攀住竹篱的
豆类和瓜类的植物的长长的行列,
(我的心里是多么羞涩而又骄傲啊)
我又走到山坡上了,
我抹去了额上的汗
停歇在一株山毛榉的下面——

简单而蠢笨
高大而没有人欢喜的
山毛榉是我的朋友,

旷 野（又一章）

我每天一定要来访问，

我常在它的阴影下

无言地，长久地，

看着旷野：

旷野——广大的，蛮野的……

为我所熟识

又为我所害怕的，

奔腾着土地、岩石与树木的

凶恶的海啊……

不驯服的山峦，

像绿色的波涛一样

横蛮地起伏着；

黑色的岩石，

不可排解地纠缠在一起；

无数的道路，

好像是互不相通

却又困难地扭结在一起；

那些村舍

卑微的，可怜的村舍，

各自孤立地星散着；

它们的窗户，

好像互不理睬

却又互相轻蔑地对看着；

那些山峰，

满怀愤恨地对立着；

[2] 诗人眼中的情景,是寄托了诗人特有情感的。诗人运用拟人、比喻等修辞手法,活灵活现地给读者展示出旷野中的景物,引起读者的遐思。

远远近近的野树啊,

也像非洲土人的浓密的鬈发,

茸乱的鬈发,

在可怕的沉默里,

在莫测的阴暗的深处,

蕴藏着千年的悒郁。[2]

而在下面,

在那深陷着的峡谷里,

无数的田亩毗连着,

那里,人们像被山岩所围困似的

宿命地生活着:

从童年到老死,

永无止息地弯曲着身体,

耕耘着坚硬的土地;

每天都流着辛勤的汗,

喘息在

贫穷与劳苦的重轭下……

为了叛逆命运的摆布,

我也曾离弃了衰败了的乡村,

如今又回来了。

何必隐瞒呢——

我始终是旷野的儿子。

看我寂寞地走过山坡,

缓慢地困苦地移着脚步,

旷 野（又一章）

多么像一头疲乏的水牛啊；

在我松皮一样阴郁的身体里，

流着对于生命的烦恼与固执的血液；

我常像月亮一样，

宁静地凝视着

旷野的辽阔与粗壮；

我也常像乞丐一样，

在暮色迷蒙时

谦卑地走过

那些险恶的山路；

我的胸中，微微发痛的胸中，

永远的汹涌着

生命的不羁与狂热的欲望啊！

而每天，

当我被难于抑止的忧郁所苦恼时，

我就仰卧在山坡上，

从山毛榉的阴影下

看着旷野的边际——

无言地，长久地，

把我的火一样的思想与情感

溶解在它的波动着的

岩石，阳光与雾的远方……

1940年7月8日，四川

赏 析

一切景语皆情语。诗人眼中的旷野是有感情的,是活生生的;在诗人生动的描绘下,是有血有肉的,是丰满的。更可贵之处在于诗人与旷野血肉相连,与旷野同呼吸、共命运,诗人那一片赤子之心,毫无保留地倾注于诗行之间……读后,让人荡气回肠,掩卷长叹。

> **读·思**
>
> 诗人都写了旷野中的哪些景物?想一下,诗人都是如何写的?诗人为什么说"我始终是旷野的儿子"?

公　路

导读　触景生情，让诗歌有了飞翔的翅膀。艾青走在中国西部高原新开辟的公路上，内心是激动的，情绪是高昂的，感情是炽烈的，这种欢悦自然会感染读者，让读者进入一种美轮美奂的境界！

像那些阿美利加人
行走在加利福尼亚的大道上
我行走在中国西部高原的
新辟的公路上

我从那隐蔽在群山的峡谷里的
一个卑微的小村庄里出来
我从那阴暗的，迷蒙着柴烟的小瓦屋里出来
带着农民的耿直与痛苦的激情
奔上山去——
让空气与阳光
和展开在山下的如海洋一样的旷野
拂去我的日常的烦琐
和生活的苦恼
也让无边的明朗的天的幅员
以它的毫无阻碍的空阔

松懈我的长久被窒息的心啊……

绵长的公路
沿着山的形体
弯曲地，伏贴地向上伸引
人在山上慢慢地升高
慢慢地和下界远离

行走在大气的环绕里
似乎飘浮在半空
我们疲倦了
可以在一棵古树的根上
坐下休息
听山涧从巉岩间
奔腾而下
看鹰鹭与雕鸽
呼叫着又飞翔着
在我们的身边……[1]

而背上负着煤袋的骡马队
由衣着褴褛的人们带引着
由倦怠的呵斥和无力的鞭打指挥着
凌乱地从这里过去
又转进了一个幽僻山峡里去
我们可以随着它们的步伐
揣摹着在那山峡里和衰败的古庙相毗连
有着一排制造着简陋的工业品的房屋
那些载重的卡车啊

[1] 诗人走在新开辟的公路上，灵魂、肺腑、眼睛都是轻松愉悦的，有种羁鸟出笼的感觉。这种美好融在诗人的富有表现力的描绘中，让人目不暇接。

带着愉快的隆隆之声而来
车上的货物颠簸着
那些年轻的人们
朝向我这步行者
扬臂欢呼
在这样的日子
即使他们的振奋
和我的振奋不是来自同一的缘由
我的心也在不可抑制地激动啊

更有那些轻捷的汽车
挣着从金属的反射
所投射出来的日光之翅
陶醉在疾行的速度里
在山脉上
勇敢地飞驰
鼓舞了我的感情与想象
和它们比翼在空中

于是
我的灵魂得到了一次解放
我的肺腑呼吸着新鲜
我的眼瞳为远景而扩大
我的脚因欢忭而跛行在世界上

用坚强的手与沉重的铁锤所劈击
又用爆烈的炸药轰开了岩石
在万丈高的崖壁的边沿

以石块与泥土与水门汀
和成千成万的劳动者的汗
凝固成了万里长的道路
上面是天穹
——一片令人看了要昏眩的蓝色
下面是大江
不止地奔腾着江水
无数的乌暗的木船和破烂的布帆
几乎是静止地漂浮在水面上
从这里看去
渺小得只成了一些灰暗的斑点[2]
人行走在高山之上
远离了烦琐与阴暗的住房
可怜的心，诚朴的心啊
终于从单纯与广阔
重新唤醒了
一个生命的崇高与骄傲——
即使我是一颗蚂蚁
或是一只有坚硬的翅膀的蚱蜢
在这样的路上爬行或飞翔
也是最幸福的啊……

今天，我穿着草鞋
戴着麦秆编的凉帽
行走在新辟的公路上
我的心因为追踪自由
而感到无限地愉悦啊
铺呈在我的前面的道路

[2] 诗中有画，画中有诗，诗人妙笔生花，带着我们走在了如诗如画的高原公路上，一幅幅恢宏画卷，让我们如临其境，赏心悦目。

公 路

是多么宽阔！多么平坦！
多么没有羁绊地自如地
向远方伸展——
我们可以清楚地看见
它向天的边际蜿蜒地远去
那么豪壮地络住了地面
当我在这里向四周凝望
河流，山丘，道路，村舍
和随处都成了美丽的丛簇的树林
无比调协地浮现在大气里
竟使我如此明显地感到
我是站在地球的巅顶

1940 年秋

赏 析

  一条新开辟的公路，也许在常人眼里算不得什么，有时即使感到奇妙，也因词穷而无法描述。但是，诗人艾青把内心的喜悦诉诸笔端，形象生动地向我们展现了一幅幅恢宏画卷，让读者感受到那份走在高原公路上的美好，让人如在画中游。

读·思

  诗人在公路上见到了什么？想一下，诗人的感受是什么？根据诗人的诗句，描绘一幅图画。

给太阳

导读 抗日战争爆发后，艾青积极投身于民族救亡的文化工作之中，他深入人民中间，思索着人民的命运，探索着通向"民族心灵深处"的道路。1941年3月，艾青奔赴延安，写下了这首抗日战争时期最重要的优秀诗篇《给太阳》。

早晨，我从睡眠中醒来，
看见你的光辉就高兴；
——虽然昨夜我还是困倦，
而且被无数的噩梦纠缠。

你新鲜、温柔、明洁的光辉，
照在我久未打开的窗上，
把窗纸敷上浅黄如花粉的颜色，
嵌在浅蓝而整齐的格影里。

我心里充满感激，从床上起来，
打开已关了一个冬季的窗门，
让你把金丝织的明丽的台巾，

铺展在我临窗的桌子上。

于是，我惊喜地看见你：
这样的真实，不容许怀疑，
你站立在对面的山巅，
而且笑得那么明朗——
我用力睁开眼睛看你，
渴望能捕捉你的形象，
多么强烈，多么恍惚，多么庄严！
你的光芒刺痛我的瞳孔。

太阳啊，你这不朽的哲人，
你把快乐带给人间，
即使最不幸的看见你，
也在心里感受你的安慰。[1]

你是时间的锻冶工，
美好的生活镀金匠；
你把日子铸成无数金轮，
飞旋在古老的荒原上……

假如没有你，太阳，
一切生命将匍匐在阴暗里，
即使有翅膀，也只能像蝙蝠
在永恒的黑夜里飞翔。

[1]"太阳"既是为了反抗日帝国主义的侵略而全民觉醒、奋起救亡的一个伟大民主时代，更是人类不朽的进取精神的象征。

我爱你像人们爱他们的母亲,
你用光热哺育我的观念和思想——
使我热情地生活,为理想而痛苦,
直到我的生命被死亡带走。

经历了寂寞漫长的冬季,
今天,我想到山巅上去,
解散我的衣服,赤裸着,
在你的光辉里沐浴我的灵魂……

赏 析

《给太阳》这首诗多处运用了比喻和拟人的修辞手法,使人物形象更加生动。诗人热情地讴歌太阳,一是因为太阳象征着光明,二是因为太阳赋予我们力量和希望,对我们无私奉献。全诗表达了诗人对太阳的赞美之情。

读·思

艾青的诗里有着土地的味道、阳光的温度和时代的浪潮。太阳是所有人的救世主,我们愿意这样,永远歌颂它的伟大。试着以"假如没有你,太阳"为开头,写五行小诗。

时　代

导读　艾青的诗，充满对光明、理想和美好生活的热烈追求。而这些情感，正是借助于太阳这一意象来具体体现。本首诗集中体现了艾青这一时期诗歌的特点，读后让人热血沸腾。

我站立在低矮的屋檐下
出神地望着蛮野的山岗
和高远空阔的天空，
很久很久心里像感受了什么奇迹，
我看见一个闪光的东西
它像太阳一样鼓舞我的心，
在天边带着沉重的轰响，
带着暴风雨似的狂啸，
隆隆滚辗而来……[1]

我向它神往而又欢呼！
当我听见从阴云压着的雪山的那面
传来了不平的道路上巨轮颠簸的轧响
我的心追赶着它，激烈地跳动着

[1] 作者借助联想和想象，带着读者进入一个美的境界，让读者心驰神往！

像那些奔赴婚礼的新郎
——纵然我知道由它所带给我的
并不是节日的狂欢
和什么杂耍场上的哄笑
却是比一千个屠场更残酷的景象，
而我却依然奔向它
带着一个生命所能发挥的热情。

我不是弱者——我不会沾沾自喜，
我不是自己能安慰或欺骗自己的人
我不满足那世界曾经给过我的
——无论是荣誉，无论是耻辱
也无论是阴沉沉的注视和黑夜似的仇恨
以及人们的目光因它而闪耀的幸福
我在你们不知道的地方感到空虚
我要求更多些，更多些呵
给我生活的世界
我永远伸张着两臂
我要求攀登高山
我要求横跨大海
我要迎接更高的赞扬，更大的毁谤
更不可解的怨，和更致命的打击——
都为了我想从时间的深沟里升腾起来……

没有一个人的痛苦会比我更甚的——
我忠实于时代，献身于时代，而我却沉默着

时　代

不甘心地，像一个被俘虏的囚徒

在押送到刑场之前沉默着

我沉默着，为了没有足够响亮的语言

像初夏的雷霆滚过阴云密布的天空

抒发我的激情于我的狂暴的呼喊

奉献给那使我如此兴奋，如此惊喜的东西

我爱它胜过我曾经爱过的一切

为了它的到来，我愿意交付出我的生命[2]

交付给它从我的肉体直到我的灵魂

我在它的前面显得如此卑微

甚至想仰卧在地面上

让它的脚像马蹄一样踩过我的胸膛

1941年12月16日晨

[2] 燃烧的是激情，因为远方在向自己召唤，所以，自己无所畏惧，抛开一切去追求，这种情绪会感染读者，让读者欢呼、跳跃！

赏　析

对光明的向往和追求，是诗人永恒的主题。诗中表现了诗人为了光明可以义无反顾，勇往直前，甚至献出自己生命的精神。本诗的语言富有感染力，让人读了豪情万丈，激情澎湃，产生心灵的震颤！

读·思

诗人在奔向光明的时候，都遇到哪些困难？诗人的态度如何？诗人为什么说自己"不甘心地，像一个被俘虏的囚徒"？

村　庄

导读　诗人在《村庄》这首诗中，以出身于海滨省份村庄的"我"的视角，写出了对城市的向往和追求，并观察到当时村庄的悲剧，写出了自己的忧虑和希冀。读后，令人感同身受，陷入深深的思考。

我是一个海滨的省份的村庄的居民，
自从我看见了都市的风景画片，
我就不再爱那鄙陋的村庄了，
十五岁起我开始在都市里流浪，
有时坐在小酒店里想起我的村庄，
我的心里就引起了无尽的哀怜，
那些都市大街上的每一幢房子，
都要比我那整个的村庄值钱啊……
还有那些珠宝铺，那些大商场，
那些国货陈列所，
人们在里面兜一个圈子
也比在家乡过一生要有意思，
假若他不是一只松鼠

绝不会回到那可怜的村庄。[1]

我知道这是不公平的，背义的，

人们厌弃他们的村庄

像浪子抛开他善良的妻子，

宁愿用真诚去换取那些

卖淫妇的媚笑与谎话，

到头了两手插在空袋里踯躅在街边。

连傻子也知道那些大都市是一群吸血鬼——

它们吞蚀着：钢铁，木材，食粮，燃料

和成千成万的劳动者的健康；

千万个村庄从千万条路向它们输送给养……

我们所饲养的家畜被装进了罐头；

每天积蓄下来的鸡蛋被做成了饼干；

我们采集的水果，收割的大豆和小麦，

从来不会在我们家里停留太久；

还有那些年轻的小伙子借了路费出发，

一年年过去，不再有回家的消息；

只让那些愚蠢和衰老的人们，

像乌桕树一样守住那村庄。

磨房和舂臼的声音说尽了村庄的单调，

无聊的日子在鸡啼和犬吠声里过去；

偶然有人为了奔丧回到家乡时，

他的一只皮鞋就足够使全村的人看了眼红，

还有透明的烟嘴和发亮的表链，

[1] 对比手法：诗人运用对比手法，写出城市的繁华和村庄的鄙陋，在陈述事实的背后，让人产生担忧！

会使得年轻的女人眼里射出光辉。

让那些一辈子坐在纺车旁边的老太婆，
和含着旱烟管讲着"长毛"故事的老汉们，
留在那里等他们的用楠木做的棺材吧![2]
让童养媳用手拍着那呛咳的老妇的背吧！
让那些胆怯得像老鼠的人在豆腐店的前面吹牛吧！
让盲眼的算命人弹着三弦走进茅屋去吧！
倒霉的村庄呀，年轻的人谁还欢喜你呢？
他们知道都市里的破卡车都比你要神气
——大笑着，奔跳着，又叫嚣着
从洋行和公司前面滚过……

要到什么时候我的可怜的村庄才不被嘲笑呢？
要到什么时候我的老实的村庄才不被愚弄呢？
什么时候我的那个村庄也建造起小小的工厂：
从明洁的窗子可以看见郁绿的杉木林，
机轮的齐匀的鸣响混在秋虫的歌声一起？
什么时候在山坡背后突然露出了一个烟囱，
从里面不止地吐出一朵一朵灰白色的烟花？
什么时候人们生活在那里不会觉得卑屈，
穿得干净，吃得饱，脸上含着微笑？
什么时候，村庄对都市不再怀着嫉妒与仇恨，
都市对村庄也不再怀着鄙夷与嫌恶，
它们都一样以自己的智力为人类创造幸福，[3]
那时我将回到生我的村庄去，

用不是虚饰而是真诚的歌唱

去赞颂我的小小的村庄。

1941 年 12 月 27 日

赏 析

  城市的发展，必然以村庄的衰老为代价吗？诗人敏锐地觉察到了这些变化，以及这些变化给社会带来的影响。不得不说，诗人对村庄是怀有独特感情的，他不想看到一个被嘲笑、被愚弄的村庄，而是希望看到城市和村庄的和谐。全诗对眼前的村庄充满忧虑，又对未来的村庄满怀希望，语言朴实，充满理性，让人读后久久不能忘却！

读·思

  村庄为城市做出了哪些贡献？人们为什么要逃离村庄？城市对人们的诱惑到底是什么？诗人希望未来农村是个什么样子？

黎明的通知

> **导读** 本诗创作于1942年初，即延安文艺座谈会之前，也就是艾青从重庆奔赴延安的第二年。这个时候，抗日战争进入了最艰苦的阶段。艾青以诗人特有的感知，觉察到了即将到来的黎明。诗人是破晓之前的雄鸡，呼唤全国人民起来，准备迎接胜利的伟大时刻。正是在这种情况下，这首《黎明的通知》应运而生。

[1] 拟人手法：诗歌一开始就以黎明的口吻热切呼唤迎接美好世界的到来，引人入胜，让人耳目一新。

为了我的祈愿
诗人啊，你起来吧[1]
而且请你告诉他们
说他们所等待的已经要来
说我已踏着露水而来
已借着最后一颗星的照引而来

我从东方来
从汹涌着波涛的海上来
我将带光明给世界
又将带温暖给人类
借你正直人的嘴

请带去我的消息

通知眼睛被渴望所灼痛的人类
和远方的沉浸在苦难里的城市和村庄
请他们来欢迎我——
白日的先驱，光明的使者

打开所有的窗子来欢迎
打开所有的门来欢迎
请鸣响汽笛来欢迎
请吹起号角来欢迎
请清道夫来打扫街衢
请搬运车来搬去垃圾
让劳动者以宽阔的步伐走在街上吧
让车辆以辉煌的行列从广场流过吧[2]

请村庄也从潮湿的雾里醒来
为了欢迎我打开它们的篱笆
请村妇打开她们的鸡埘
请农夫从畜棚牵出耕牛
借你的热情的嘴通知他们
说我从山的那边来，从森林的那边来
请他们打扫干净那些晒场
和那些永远污秽的天井

请打开那糊有花纸的窗子

[2] 排比句式，增强了语势，更利于作者抒发那高亢、激越、欢快的心情，令读者读来也荡气回肠。

请打开那贴着春联的门

请叫醒殷勤的女人

和那打着鼾声的男子

请年轻的情人也起来

和那些贪睡的少女

请叫醒困倦的母亲

和她身边的婴孩

请叫醒每个人

连那些病者与产妇

连那些衰老的人们

呻吟在床上的人们

连那些因正义而战争的负伤者

和那些因家乡沦亡而流离的难民

请叫醒一切的不幸者

我会一并给他们以慰安

请叫醒一切爱生活的人

工人，技师以及画家

请歌唱者唱着歌来欢迎

用草与露水所掺和的声音

请舞蹈者跳着舞来欢迎

披上她们白雾的晨衣

请叫那些健康而美丽的醒来

说我马上要来叩打她们的窗门

请你忠实于时间的诗人

带给人类以慰安的消息

请他们准备欢迎，请所有的人准备欢迎

当雄鸡最后一次鸣叫的时候我就到来

请他们用虔诚的眼睛凝视天边

我将给所有期待我的以最慈惠的光辉[3]

趁这夜已快完了，请告诉他们

说他们所等待的就要来了

[3] 诗歌意境优美，表达了诗人美好的愿望，也激起了读者对美好生活的向往和追求。

赏　析

　　黎明，意味着天亮了。诗人艾青用诗歌的形式，深情地呼唤黎明，也是向广大人民发出号召，表达了作者对美好未来的追求。作者运用大量排比句式，反复铺陈，层层推进，借助于丰富的联想，对读者产生强烈的震撼，更加坚定了人民革命必将胜利的信心。

读·思

　　"黎明"都通知了哪些人？想一下，"黎明"为什么要去通知这些人？通知他们去干什么呢？

献给乡村的诗

导 读 1942年,艾青在延安想起家乡的时候,心潮澎湃。家乡的那些树,家乡的那些人,家乡的山山水水,让诗人再也抑制不住,于是情感如滔滔江水,一气呵成,完成了《献给乡村的诗》。让我们循着诗人的路,去赏析诗人那如诗如画的乡村美景吧!

我的诗献给中国的一个小小的乡村——
它被一条山岗所伸出的手臂环护着。
山岗上是年老的常常呻吟的松树;
还有红叶子像鸭掌般撑开的枫树;
高大的结着戴帽子的果实的榉子树
和老槐树,主干被雷霆劈断的老槐树;
这些年老的树,在山岗上集成树林,
荫蔽着一个古老的乡村和它的居民。[1]

我想起乡村边上澄清的池沼——
它的周围密密地环抱着浓绿的杨柳,
水面浮着菱叶、水葫芦叶、睡莲的白花。
它是天的忠心的伴侣,映着天的欢笑和愁苦;

[1] 乡村,在诗人笔下是具体的,画面是清新的,是有温情的,读了是让人感动的!

它是云的梳妆台,太阳、月亮、飞鸟的镜子;
它是群星的沐浴处,水禽的游泳池;
而老实又庞大的水牛从水里伸出了头,
看着村妇蹲在石板上洗着蔬菜和衣服。

我想起乡村里那些幽静的果树园——
园里种满桃子、杏子、李子、石榴和林檎,
外面围着石砌的围墙或竹编的篱笆,
墙上和篱笆上爬满了茑萝和纺车花:
那里是喜鹊的家,麻雀的游戏场;
蜜蜂的酿造室,蚂蚁的堆货栈;
蟋蟀的练音房,纺织娘的弹奏处;
而残忍的蜘蛛偷偷地织着网捕捉蝴蝶。

我想起乡村路边的那些石井——
青石砌成的六角形的石井是乡村的储水库,
汲水的年月久了,它的边沿已刻着绳迹。
暗绿而濡湿的青苔也已长满它的周围,
我想起乡村田野上的道路——
用卵石或石板铺的曲折窄小的道路,
它们从乡村通到溪流、山岗和树林,
通到森林后面和山那面的另一个乡村。

我想起乡村附近的小溪——
它无日无夜地从远方引来了流水
给乡村灌溉田地、果树园、池沼和井,

供给乡村上的居民们以足够的饮料；
我想起乡村附近小溪上的木桥——
它因劳苦消瘦得只剩了一副骨骼，
长年地赤露着瘦长的腿站在水里，
让村民们从它驼着的背脊上走过。

我想起乡村中间平坦的旷场——
它是村童们的竞技场，角力和摔跤的地方，
大人们在那里打麦，掼豆，飏谷，筛米……
长长的横竹竿上飘着未干的衣服和裤子；
宽大的地席上铺晒着大麦、黄豆和荞麦；
夏天晚上人们在那里谈天、乘凉，甚至争吵，
冬天早晨在那里解开衣服找虱子、晒太阳；[2]
假如一头牛从山崖跌下，它就成了屠场。

我想起乡村里那些简陋的房屋——
它们紧紧地挨挤着，好像冬天寒冷的人们，
它们被柴烟熏成乌黑，到处挂满了尘埃，
里面充溢着女人的叱骂和小孩的啼哭；
屋檐下悬挂着向日葵和萝卜的种子，
和成串的焦红的辣椒，枯黄的干菜；
小小的窗子凝望着村外的道路，
看着山峦以及远处山脚下的村落。

我想起乡村里最老的老人——
他的须发灰白，他的牙齿掉了，耳朵聋了，
手像紫荆藤紧紧地握着拐杖，

[2] 看这里，诗人又从小处着笔，描绘出乡村特有的情景，让人身临其境！

从市集回来的村民高声地和他谈着行情；
我想起乡村里最老的女人——
自从一次出嫁到这乡村，她就没有离开过，
她没有看见过帆船，更不必说火车、轮船，
她的子孙都死光了，她却很骄傲地活着。

我想起乡村里重压下的农夫——
他们的脸像松树一样发皱而阴郁，
他们的背被过重的挑担压成弓形，
他们的眼睛被失望与怨愤磨成混沌；
我想起这些农夫的忠厚的妻子——
她们贫血的脸像土地一样灰黄，
她们整天忙着磨谷、舂米，烧饭，喂猪，
一边纳鞋底一边把奶头塞进婴孩啼哭的嘴。

我想起乡村里的牧童们，
想起用污手擦着眼睛的童养媳们，
想起没有土地没有耕牛的佃户们，
想起除了身体和衣服之外什么也没有的雇农们，
想起建造房屋的木匠们、石匠们、泥水匠们，
想起屠夫们、铁匠们、裁缝们，
想起所有这些被穷困所折磨的人们——
他们终年劳苦，从未得到应有的报酬。
我的诗献给乡村里一切不幸的人——
无论到什么地方我都记起他们，
记起那些被山岭把他们和世界隔开的人，
他们的性格像野猪一样，沉默而凶猛，

他们长久地被蒙蔽，欺骗与愚弄；
每个脸上都隐蔽着不曾爆发的愤恨；
他们衣襟遮掩着的怀里歪插着尖长快利的刀子，
那藏在套里的刀锋，期待着复仇的来临。

我的诗献给生长我的小小的乡村——
卑微的，没有人注意的小小的乡村，
它像中国大地上的千百万的乡村。
它存在于我的心里，像母亲存在儿子心里。
纵然明丽的风光和污秽的生活形成了对照，
而自然的恩惠也不曾弥补了居民的贫穷，
这是不合理的：它应该有它和自然一致的和谐；
为了反抗欺骗与压榨，它将从沉睡中起来。

1942 年 9 月 7 日

赏 析

思乡，是一种古老的朴素的情感。诗人把对家乡的思念，凝聚到自己描述的具体景致中，语言朴实无华，却让人感动良久。全诗既写出了自己对乡村的爱，又理性地写出了自己的思考，让这首诗具有了更深刻的含义。

读·思

诗人都写了乡村的哪些景致？想一下，诗人为什么写这些景致？作者为什么说这是"献给中国的一个小小的乡村"的一首诗？

五十年代

春姑娘

导 读　1950 年的春天,是新中国成立后的第一个春天。在《春姑娘》这首诗里,作者表达了对春天到来的欣喜和愉悦,更表达了对新中国的春天的无比期待。

春姑娘来了——
你们谁知道,
她是怎么来的?
我知道!
我知道!

她是南方来的,
前几天到这里,
这个好消息,
是燕子告诉我的。

你们谁看见过,
她长的什么样子?
我知道!
我知道!

[1] 运用外貌描写刻画了春天的灿烂，充满朝气。

她是一个小姑娘，
长得比我还漂亮，
两只眼睛水汪汪，
一条辫子这么长！

她赤着两只脚，
裤管挽在膝盖上；
在她的手臂上，
挂着一个大柳筐。[1]

她渡过了河水，
在沙滩上慢慢走，
她低着头轻轻地唱，
那声音像河水在流……

看见她的样子，
谁也会高兴；
听见她的歌声，
谁也会快乐。

在她的大柳筐里，
装满了许多东西——
红的花，绿的草，
还有金色的种子。

她是一个好姑娘，
又聪明，又勤劳，
在早晨的阳光里，

一刻也不休息。

她把花挂在树上,
又把草铺在地上,
把种子撒在田里,
让它们长出了绿秧。

她在田垄上走过,
母牛仰着头看着,
小牛犊蹦跳着,
大羊羔咩咩地叫着……

她来到村子里,
家家户户都高兴,
一个个果子园,
都打开门来欢迎;

园子里多热闹,
到了许多亲戚——
有造糖的蜜蜂,
有爱打扮的彩蝶;

那些水池子,
擦得亮亮的;
春姑娘走过时,
还照一照镜子。

各种各样的鸟,
唱出各种各样的歌,

每一只鸟都说：
"我的心里真快乐！"

鸟儿飞来飞去，
歌也老不停止——
大家都说："春姑娘，
愿你永远在这里！"

[2] 运用拟人的手法，刻画了春天欣欣向荣的景象。

只有那些鸭子，
不会飞也不会唱歌，
它们呆呆地站着，
拍着翅膀大笑着……[2]

它们说："春姑娘，
我们等你好久了！
你来了就好了！
我们不会唱歌，哈哈哈……"

1950年3月28日

赏　析

诗人借用美丽的小姑娘来描述春天的到来，勾勒出一个个美好的景象，生动富有情趣；借用小姑娘的天真烂漫的形象，使得春天跟我们非常亲近。

读·思

整首诗歌欢快，富有生机，你体会到了诗人怎样的思想感情？

一个黑人姑娘在歌唱

导读 1954年,艾青受智利众议院议长和智利著名诗人巴勃罗·聂鲁达的邀请,前往智利,参加聂鲁达的50岁寿辰,同时利用这个机会做世界和平运动的工作。历时两个月,诗人感触颇多,写下了不少触人心灵的诗篇。《一个黑人姑娘在歌唱》就是其中一首,诗人对不公世界进行了揭露和控诉,对不人道的种族歧视进行了谴责。

在那楼梯的边上,
有一个黑人姑娘,
她长得十分美丽,
一边走一边歌唱……

她心里有什么欢乐?
她唱的可是情歌?
她抱着一个婴儿,
唱的是催眠的歌。[1]

这不是她的儿子,
也不是她的弟弟;
这是她的小主人,

[1] 诗歌一开始对黑人姑娘的描写和一连串提问,抓住读者的心,吸引读者的阅读兴趣。

她给人看管孩子；

一个是那样黑，
黑得像紫檀木；
一个是那样白，
白得像棉絮；

一个多么舒服，
却在不住地哭；
一个多么可怜，
却要唱欢乐的歌。

1954 年 7 月 17 日，里约热内卢

赏　析

　　这首小诗，朴实无华，没有做任何雕饰，属于白描手法。对黑人姑娘和婴儿又运用对比写法，写的虽然是生活的真实，但是给读者强烈的震撼。作者赞美什么，谴责什么，跃然纸上，产生了动人的艺术力量。

读·思

　　诗歌中对黑人姑娘和怀中的婴儿是怎样对比的？这种对比有什么好处？你想对黑人姑娘说点什么？

礁 石

> **导读** 在《礁石》一诗中，诗人由衷地赞美了坚忍顽强的生命力，也为当时身处苦难中的祖国人民擂响了战鼓。这首诗虽然短小，但喻义丰满，诗人虽然没有直抒胸臆，却让读者在朗诵过程中享受到一种韵律之美和奋斗之美，为读者留下了无尽的想象空间。

一个浪，一个浪，
无休止地扑过来，
每一个浪都在它脚下
被打成碎沫、散开……

它的脸上和身上
像刀砍过的一样
但它依然站在那里
含着微笑，看着海洋……[1]

1954 年 7 月 25 日

[1] 浪，"无休止的扑过来"；礁石，"含着微笑,看着海洋"。这是一种大无畏的革命乐观主义精神。诗人寥寥几笔，便勾勒出了礁石"硬汉"的形象！

赏 析

　　礁石和海浪本身是没有生命的,但在诗人笔下,海浪是恶狠狠的,礁石是傲然屹立的。诗人运用拟人手法,刻画了礁石无比坚定沉着的英雄形象,冷静客观地向我们展现了礁石英勇顽强的斗争精神,给读者留下了无尽的意蕴去感悟。

读·思

　　面对"一个浪,一个浪,无休止地扑过来",礁石遭受了什么?又是怎么去面对的?

启明星

导 读 这首诗是一首追求光明的赞歌。诗中启明星是迎接光明的使者,然而,当光明来临时,启明星却隐退了,启明星以自身的光亮和坚守的姿态告诉人们:黑暗终将褪去,光明一定会到来!

属于你的是

光明与黑暗交替

黑夜逃遁

白日追踪而至的时刻

群星已经退隐

你依然站在那儿

期待着太阳上升[1]

被最初的晨光照射

投身在光明的行列

直到谁也不再看见你

[1] 群星退隐,启明星依然站在那儿期待,生动形象地写出了启明星的坚守和对光明的渴望。诗人的情感寄托在启明星这一物象上,充分表达了诗人对光明的渴盼和赞美。

1956 年 8 月

赏 析

启明星在黑暗中闪亮，在光明中消隐。诗人寥寥几笔，勾勒出启明星期盼光明而等到光明来临却悄悄消隐的形象。诗人借这一意象，充分表达了对光明、自由、胜利的不懈追求，充满正能量，给人以鼓舞，让人即使在"黑夜里"，也能看到那束指引前行的光。

读·思

启明星的特点是什么？它有什么象征意义？你觉得它像生活中的什么人？试举一位名人进行说明。

下雪的早晨

导读 《下雪的早晨》写于1956年,当时艾青事业上遭受挫折,情感是压抑的。诗人多么希望自由自在、纯真美好地生活啊!看到飘飞的雪花,他写下了这首诗,表达了对无忧无虑的生活的向往和追求。

雪下着,下着,没有声音,
雪下着,下着,一刻不停,
洁白的雪,盖满了院子,
洁白的雪,盖满了屋顶,
整个世界多么静,多么静。[1]

看着雪花在飘飞,
我想得很远,很远,
想起夏天的树林,
树林里的早晨,
到处都是露水,
太阳刚刚上升,
一个小孩,赤着脚,

[1] 诗人对雪没有进行浓墨重彩的描绘,一开始就渲染了一种安详、静谧的气氛,把读者带入一种纯净、洁白、祥和的境界!

从晨光里走来,
他的脸像一朵鲜花,
他的嘴发出低低的歌声,
他的小手拿着一根竹竿,
他仰起小小的头,
那双发亮的眼睛,
透过浓密的树叶,
在寻找知了的声音……

他的另一只小手,
提了一串绿色的东西,
—— 一根很长的狗尾草,
结了蚂蚱、金甲虫和蜻蜓。
这一切啊,
我都记得很清。

我们很久没有到树林里去了,
那儿早已铺满了落叶,
也不会有什么人影;
但我一直都记着那个小孩,
和他的很轻很轻的歌声,
此刻,他不知在哪间小屋里。

看着不停地飘飞着的雪花,
或许想到树林里去抛雪球,
或许想到湖上去滑冰,

但他绝不会知道,

有一个人想着他,

就在这个下雪的早晨。

1956 年 11 月 17 日

赏　析

　　联想和想象是诗歌的灵魂。诗人在本首诗中,没有对眼前的雪景进行肆意铺陈,而是将笔墨泼洒在自己联想和想象的夏天树林和那个纯真、美好的小男孩上面;最后一节把眼前雪景和想象场景相结合,虚实相生,表达了诗人对美好纯真生活的期盼和向往。

读·思

　　诗歌中小男孩是一个怎样的形象?你喜欢这个小男孩吗?诗人为什么会在下雪的早晨想到这个小男孩?

烧 荒

> **导读** 1958年4月，艾青赴北大荒农场农垦。艾青到了农场后，和普通农垦战士一样，伐木、育苗、盖房、办黑板报，还捐献出自己的五千元稿酬到哈尔滨购买发电机与照明设备。艾青在农场期间，也写下了一些短诗，抒发他的感受，可惜大都遗失，只留下《烧荒》一首，发出了时代的呐喊。

小小的一根火柴，
划开了一个新的境界——

好大的火啊，
荒原成了火海！

火花飞舞着、旋转着，
火柱直冲到九霄云外！[1]

火焰像金色的鹿，[2]
奔跑得比风还快！

[1] 运用夸张的修辞手法，说明了星星之火，已成燎原之势。

[2] 运用比喻的修辞手法，生动形象地描述了火焰的姿态。

烧 荒

腾起的烟在阳光里，
像层层绚丽的云彩！

火焰狂笑着、奔跑着，
披荆斩棘，多么痛快！[3]

火的队伍大进军，
豺狼狐兔齐闪开！

野草不烧尽，
禾苗起不来！

快磨亮我们的犁刀，
犁开一个新的时代！[4]

[3] 表达了在农场的欢快热情，内心的火热溢于言表。

[4] 结尾处表达了对新时代的期盼和向往。

赏 析

本诗向读者讲述了"星星之火，可以燎原"这一主题，发出了时代的呐喊，让人读来信心十足。

读·思

作者将诗歌的题目定为"烧荒"，有哪些意义？

七十年代

鱼化石

导读 本诗创作于1978年，那时阴霾一扫而空，艾青重返诗坛，久被压抑的情感澎湃高涨，他在鱼化石上找到了流溢之口。鱼化石的形象和诗人心中的思绪撞击，于是诗人借助鱼化石的形象表达了对逝去生命的悼惜之情。

[1] 诗人用轻松活泼的语言描绘了鱼在水中自由自在游动的情态。

动作多么活泼，
精力多么旺盛，
在浪花里跳跃，
在大海里浮沉；[1]

不幸遇到火山爆发，
也可能是地震，
你失去了自由，
被埋进了灰尘；[2]

[2] 诗人猜测一条活泼自由的鱼成为鱼化石的原因。

过了多少亿年，
地质勘探队员，
在岩层里发现你，
依然栩栩如生。

但你是沉默的，
连叹息也没有，
鳞和鳍都完整，
却不能动弹；

你绝对的静止，
对外界毫无反应，
看不见天和水，
听不见浪花的声音。

凝视着一片化石，
傻瓜也得到教训：
离开了运动，
就没有生命。[3]

活着就要斗争，
在斗争中前进，
即使死亡，
能量也要发挥干净。

[3] 诗人是在倾泻自己的深入思考——离开了运动，就没有生命。

赏 析

这是一首托物言志的哲理诗，先形象地描写了鱼化石，后揭示了全诗的主旨。第一节与第四节形成鲜明对比，由此更强烈地震撼着读者，引起思考。

读·思

作者从历史的教训中揭示了怎样的启迪？

光的赞歌

> **导读** 这首诗创作于1978年,是艾青过去20年来在"光"的指引下对历史、人生和社会思考的结晶,传达出他在新时期重获生存和创作权利后要倾力创作的心声,寄托了其对光明的追求。

一

每个人的一生
不论聪明还是愚蠢
不论幸福还是不幸
只要他一离开母体
就睁着眼睛追求光明

世界要是没有光
等于人没有眼睛
航海的没有罗盘
打枪的没有准星
不知道路边有毒蛇
不知道前面有陷阱

世界要是没有光

也就没有杨花飞絮的春天

也就没有百花争妍的夏天

也就没有金果满园的秋天

也就没有大雪纷飞的冬天[1]

世界要是没有光

看不见奔腾不息的江河

看不见连绵千里的森林

看不见容易激动的大海

看不见像老人似的雪山[2]

要是我们什么也看不见

我们对世界还有什么留恋

二

只是因为有了光

我们的大千世界

才显得绚丽多彩

人间也显得可爱

光给我们以智慧

光给我们以想象

光给我们以热情

创造出不朽的形象

那些殿堂多么雄伟

[1] 运用排比的修辞手法，展示出光带来了五彩的世界。

[2] 运用排比的修辞手法，描绘出光让人们看见了不同的景象。

里面更是金碧辉煌

那些感人肺腑的诗篇

谁读了能不热泪盈眶

那些最高明的雕刻家

使冰冷的大理石有了体温

那些最出色的画家

描出了色授魂与的眼睛

比风更轻的舞蹈

珍珠般圆润的歌声

火的热情、水晶的坚贞

艺术离开光就没有生命

山野的篝火是美的

港湾的灯塔是美的

夏夜的繁星是美的

庆祝胜利的焰火是美的

一切的美都和光在一起[3]

[3] 用各种形式的美表现了光的重要。

三

这是多么奇妙的物质

没有重量而色如黄金

它可望而不可即

漫游世界而无体形

具有睿智而谦卑

它与美相依为命

诞生于撞击和摩擦

来源于燃烧和消亡的过程

来源于火、来源于电

来源于永远燃烧的太阳

太阳啊，我们最大的光源

它从亿万万里以外的高空

向我们居住的地方输送热量

使我们这里滋长了万物

万物都对它表示景仰

因为它是永不消失的光

真是不可捉摸的物质——

不是固体、不是液体、不是气体

来无踪、去无影、浩渺无边

从不喧嚣、随遇而安

有力量而不剑拔弩张

它是无声的威严

它是伟大的存在

它因富足而能慷慨

胸怀坦荡、性格开朗

只知放射、不求报偿

大公无私、照耀四方

四

但是有人害怕光

有人对光满怀仇恨

因为光所发出的针芒

刺痛了他们自私的眼睛

历史上的所有暴君

各个朝代的奸臣

一切贪婪无厌的人

为了偷窃财富、垄断财富

千方百计想把光监禁

因为光能使人觉醒

凡是压迫人的人

都希望别人无能

无能到了不敢吭声

让他们把自己当作神明

凡是剥削人的人

都希望别人愚蠢

愚蠢到了不会计算

一加一等于几也闹不清

他们要的是奴隶

是会说话的工具

他们只要驯服的牲口

他们害怕有意志的人

他们想把火扑灭

在无边的黑暗里

在岩石所砌的城堡里

永远维持血腥的统治

他们占有权力的宝座

一手是勋章、一手是皮鞭

一边是金钱、一边是锁链

进行着可耻的政治交易

完了就举行妖魔的舞会

和血淋淋的人肉的欢宴

回顾人类的历史

曾经有多少年代

沉浸在苦难的深渊

黑暗凝固得像花岗岩

然而人间也有多少勇士

用头颅去撞开地狱的铁门

光荣属于奋不顾身的人

光荣属于前赴后继的人

暴风雨中的雷声特别响

乌云深处的闪电特别亮

只有通过漫长的黑夜

才能喷涌出火红的太阳

五

愚昧就是黑暗

智慧就是光明

人类是从愚昧中过来

那最先去盗取火的人

是最早出现的英雄

他不怕守火的鹫鹰

要啄掉他的眼睛

他也不怕天帝的愤怒

和轰击他的雷霆

于是光不再被垄断

从此光流传到人间

我们告别了刀耕火种

蒸汽机带来了工业革命

从核物理诞生了原子弹

如今像放鸽子似的

放出了地球卫星……

光把我们带进了一个

  光怪陆离的世界：

X光，照见了动物的内脏

激光，刺穿优质钢板

光学望远镜，追踪星际物质

电子计算机

   把我们推向了二十一世纪

然而，比一切都更宝贵的

是我们自己的锐利的目光

是我们先哲的智慧的光

这种光洞察一切、预见一切

可以透过肉体的躯壳

看见人的灵魂

看见一切事物的底蕴

一切事物内在的规律

一切运动中的变化

一切变化中的运动

一切的成长和消亡

就连静静的喜马拉雅山

也在缓慢地继续上升

认识没有地平线

地平线只能存在于停止前进的地方

而认识却永无止境

人类在追踪客观世界中

留下了自己的脚印

实践是认识的阶梯

科学沿着实践前进

在前进的道路上

要砸开一层层的封锁

要挣断一条条的铁链

真理只能从实践中得以永生

六

光从不可估量的高空

俯视着人类历史的长河

我们从周口店到天安门

像滚滚的波涛在翻腾

不知穿过了多少的险滩和暗礁

我们乘坐的是永不沉没的船

从天际投下的光始终照引着我们……

我们从千万次的蒙蔽中觉醒

我们从千万种的愚弄中学得了聪明

统一中有矛盾、前进中有逆转

运动中有阻力、革命中有背叛

甚至光中也有暗

甚至暗中也有光

不少丑恶与无耻

隐藏在光的下面

毒蛇、老鼠、臭虫、蝎子

和许多种类的粉蝶——

她们都是孵化害虫的母亲

我们生活着随时都要警惕

看不见的敌人在窥伺着我们

然而我们的信念

像光一样坚强——

经过了多少浩劫之后

穿过了漫长的黑夜

人类的前途无限光明、永远光明

七

每一个人都是一个生命

人世银河星云中的一粒微尘

每一粒微尘都有自己的能量

无数的微尘汇集成一片光明

每一个人既是独立的

而又互相照耀

在互相照耀中不停地运转

和地球一同在太空中运转

我们在运转中燃烧

我们的生命就是燃烧

我们在自己的时代

应该像节日的焰火

带着欢呼射向高空

然后迸发出璀璨的光

即使我们是一支蜡烛
也应该"蜡炬成灰泪始干"
即使我们只是一根火柴
也要在关键时刻有一次闪耀
即使我们死后尸骨都腐烂了
也要变成磷火在荒野中燃烧

八

作为一个微不足道的人
天文学数字中的一粒微尘
即使生命像露水一样短暂
即使是恒河岸边的一粒细沙
也能反映出比本身更大的光
我也曾经用嘶哑的喉咙歌唱
在不自由的岁月里我歌唱自由
我是被压迫的民族，我歌唱解放
在这个茫茫的世界上
为被凌辱的人们歌唱
为受欺压的人们歌唱
我歌唱抗争，歌唱革命
在黑夜把希望寄托给黎明
在胜利的欢欣中歌唱太阳

我是大火中的一点火星

趁生命之火没有熄灭

我投入火的队伍、光的队伍

把"一"和"无数"融合在一起

为真理而斗争

和在斗争中前进的人民一同前进

我永远歌颂光明

光明是属于人民的

未来是属于人民的

任何财富都是人民的

和光在一起前进

和光在一起胜利

胜利是属于人民的

和人民在一起所向无敌

九

我们的祖先是光荣的

他们为我们开辟了道路

沿途留下了深深的足迹

每一足迹里都有血迹

现在我们正开始新的长征

这个长征不只是二万五千里的路程

我们要逾越的也不只是十万大山

我们要攀登的也不只是千里岷山

我们要夺取的也不只是金沙江、大渡河

我们要抢渡的是更多更险的渡口

我们在攀登中将要遇到

更大的风雪、更多的冰川……

但是光在召唤我们前进

光在鼓舞我们、激励我们

光给我们送来了新时代的黎明

我们的人民从四面八方高歌猛进

让信心和勇敢伴随着我们

武装我们的是最美好的理想

我们是和最先进的阶级在一起

我们的心胸燃烧着希望

我们前进的道路铺满阳光

让我们的每个日子

   都像飞轮似的旋转起来

让我们的生命发出最大的能量

让我们像从地核里释放出来似的

     极大地撑开光的翅膀

      在无限广阔的宇宙中飞翔

让我们以最高的速度飞翔吧

让我们以大无畏的精神飞翔吧

让我们从今天出发飞向明天

让我们把每个日子都当作新的起点

或许有一天，总有一天
我们这个古老的民族
我们最勇敢的阶级
将接受光的邀请
却叩开千万重紧闭的大门
访问我们所有的芳邻

让我们从地球出发
飞向太阳……

赞美"光"这一神奇的物质，赞美"光"带来的社会文明，以及"像光一样坚强"的社会主义，字里行间饱含着睿智的哲思。

1978年8月—12月

赏 析

随着阅历的加深，随着生活的坎坷颠簸，随着对中华民族深重灾难的进一步认识，对科学与民主的进一步理解；随着对社会、人生、历史的不断深入的思考，诗人之于光的关系更深化更紧密了。可以说，光已成为诗人的血肉，甚至可以说，光已成为诗人的灵魂，已成为诗人的诗魂……

读·思

《光的赞歌》反映了诗人什么样的心态？对你有什么启发？

盆　景

导读　1979年2月，艾青在广州参观盆景展览。由眼前的盆景，他联想到自己20年来的苦难及社会状况，由此将复杂的情感融入眼前之物，写下此诗。

好像都是古代的遗物

这儿的植物成了矿物

主干是青铜，枝丫是铁丝

连叶子也是铜绿的颜色

在古色古香的庭院

冬不受寒，夏不受热

用紫檀和红木的架子

更显示它们地位的突出

其实它们都是不幸的产物

早已失去了自己的本色

在各式各样的花盆里

受尽了压制和委屈

生长的每个过程

都有铁丝的缠绕和刀剪的折磨
任人摆布，不能自由伸展[1]
一部分发育，一部分萎缩
以不平衡为标准
残缺不全的典型
像一个个佝偻的老人[2]
夸耀的就是怪相畸形
有的挺出了腹部
有的露出了块根
留下几条弯曲的细枝
芝麻大的叶子表示还有青春
像一群饱经战火的伤兵
支撑着一个个残废的生命

但是，所有的花木
都要有自己的天地
根须吸收土壤的营养
枝叶承受雨露和阳光
自由伸展发育正常
在天空下心情舒畅
接受大自然的爱抚
散发出各自的芬芳

如今却一切都颠倒
少的变老、老的变小
为了满足人的好奇

[1] 诗人写出了盆景存活的状态。

[2] 运用比喻的修辞手法，写出了盆景的姿态。

标榜养花人的技巧

柔可绕指而加以歪曲

草木无言而横加斧刀

或许这也是一种艺术

却写尽了对自由的讥嘲

1979年2月23日，广州

赏　析

　　诗人在《盆景》一诗中，塑造了盆景痛苦的形象，为的是塑造那个畸形年代所造成的痛苦形象，当然，这是艺术的再现：不是通过对那个年代的直接描绘，而是通过对盆景的描绘来实现的。这首诗意象的创造，就正是诗人选择了与自己的情感和思想能糅合的东西，从而塑造了形体，很好地抒发了自己的情感和思想。

读·思

　　读完本诗，你体会到了那个特殊"年代"怎样的情景？

盼 望

导读 每个人,都可能有自己的人生航程,一个目标达到了,又要去追求另一个目标。每一个人都是海员,每一个人都希望"出发"和"到达"。

     一个海员说,
     他最喜欢的是起锚所激起的
     那一片洁白的浪花……

     一个海员说,
     最使他高兴的是抛锚所发出的
     那一阵铁链的喧哗……

     一个盼望出发
     一个盼望到达

1979 年 3 月,上海

赏 析

  这是一首精致凝练的抒情短诗。诗人选取了两位海员看似相反的愿望,却表达了同一种心情,即对航海事业的热爱之情。两组意象并列,语言组合长短对等,音律节奏相同,只不过在动词和形容词使用上有所不同,既有浪花的色彩,又有铁链的声音,生动鲜活,给读者以视觉和听觉的感受,极具感染力。

读·思

  诗人在诗的构思上新颖奇特,在艺术结构上,做了精心剪裁和巧妙布局。读完本诗,你能体会到诗人所表达的思想感情吗?请简要说明一下。

古罗马的大斗技场

> **导读**　1979年6月，艾青访问意大利首都罗马。在离开罗马回到北京之后，一个沉重的场景在他心上突出地影现出来——古罗马的大斗技场。那些墓碑似的断垣残壁，古罗马时代那凶残、嗜血的一幕幕，使他不能平静，甚至压得他透不过气来……

也许你曾经看见过
这样的场面——
在一个圆的小瓦罐里
两只蟋蟀在相斗，
双方都鼓动着翅膀
发出一阵阵金属的声响，
张牙舞爪扑向对方
又是扭打、又是冲撞，
经过了持久的较量，
总是有一只更强的
撕断另一只的腿
咬破肚子——直到死亡。[1]

[1] 由中国人所熟悉的蟋蟀相斗揭开了这首诗的序幕。

古罗马的大斗技场
也就是这个模样，
大家都可以想象
那一幅壮烈的风光。[2]

[2] 运用"壮烈"渲染了大斗技场的场面。

古罗马是有名的"七山之城"
在帕拉丁山的东面
在锡利山的北面
在埃斯揆林山的南面
那一片盆地的中间
有一座——可能是
全世界最大的斗技场，
它像圆形的古城堡
远远看去是四层的楼房，
每层都有几十个高大的门窗
里面的圆周是石砌的看台
可以容纳十多万人来观赏。

想当年举行斗技的日子
也许是一个喜庆的日子
这儿比赶庙会还要热闹
古罗马的人穿上节日的盛装
从四面八方都朝向这儿
真是人山人海——全城欢腾
好像庆祝在亚洲和非洲打了胜仗[3]
其实只是来看一场残酷的悲剧

[3] 体现了来大斗技场观看的人之多及人们的情态。

从别人的痛苦激起自己的欢畅。[4]

号声一响
死神上场

当角斗士的都是奴隶
挑选的一个个身强力壮，
他们都是战败国的俘虏
早已妻离子散、家破人亡，
如今被押送到斗技场上
等于执行用不着宣布的死刑
面临着任人宰割的结局
像畜棚里的牲口一样；[5]
相搏斗的彼此无冤无仇
却安排了同一的命运，
都要用无辜的手
去杀死无辜的人；
明知自己必然要死
却把希望寄托在刀尖上；

有时也要和猛兽搏斗
猛兽——不论吃饱了的
还是饥饿的都是可怕的——
它所渴求的是温热的鲜血，
奴隶到这里即使有勇气
也只能是来源于绝望，

[4] 辛辣地讽刺了奴隶主们的自私、冷酷、残暴。

[5] 揭示了奴隶的悲惨命运。

因为这儿所需要的不是智慧
而是必须压倒对方的力量；

看那些"打手"多么神气！
他们是角斗场雇用的工役
一个个长得牛头马面
手拿铁棍和皮鞭
（起先还戴着面具
后来连面具也不要了）
他们驱赶着角斗士去厮杀
进行着死亡前的挣扎；
最可怜的是那些蒙面的角斗士
（不知道是哪个游手好闲的
想出如此残忍的坏点子！）
参加角斗的互相看不见
双方都乱挥着短剑寻找敌人
无论进攻和防御都是盲目的——
盲目的死亡、盲目的胜利。

一场角斗结束了
那些"打手"进场
用长钩子钩曳出尸体
和那些血淋淋的肉块
把被戮将死的曳到一旁
拿走武器和其他的什物，
奄奄一息的就把他杀死；

然后用水冲刷污血
使它不留一点痕迹——
这些"打手"受命于人
不直接去杀人
却比刽子手更阴沉。

再看那一层层的看台上
多少万人都在欢欣若狂
那儿是等级森严、层次分明
按照权力大小坐在不同的位置上，
王家贵族一个个悠闲自得
旁边都有陪臣在阿谀奉承；
那些宫妃打扮得花枝招展
与其说她们是来看角斗
不如说到这儿展览自己的青春
好像是天上的星斗光照人间；
有"赫赫战功"的，生活在
奴隶用双手建造的宫殿里
奸淫战败国的妇女；
他们的餐具都沾着血
他们赞赏血腥的气味；
能看人和兽搏斗的
多少都具有兽性——
从流血的游戏中得到快感
从死亡的挣扎中引起笑声，
别人越痛苦，他们越高兴；

（你没有听见那笑声吗?）

最可恨的是那些

用别人的灾难进行投机

从血泊中捞取利润的人，

他们的财富和罪恶一同增长；

斗技场的奴隶越紧张

看台上的人群越兴奋；

厮杀的叫喊越响

越能爆发狂暴的笑声；

看台上是金银首饰在闪光

斗场上是刀叉匕首在闪光；

两者之间相距并不远

却有一堵不能逾越的墙。[6]

这就是古罗马的斗技场

它延续了多少个世纪

谁知道有多少奴隶

在这个圆池里丧生。

神呀，宙斯呀，丘比特呀，耶和华呀

一切所谓"万能的主"呀，都在哪里？

为什么对人间的不幸无动于衷？

风呀，雨呀，雷霆呀，

为什么对罪恶能宽容？

奴隶依然是奴隶

谁在主宰着人间？

[6] 诗人以很大的篇幅描写大斗技场的一幕幕血淋淋的场景。运用对比的手法，为事实提供了根据，增强了艺术效果。

谁是这场游戏的主谋？

时间越久，看得越清：

经营斗技场的都是奴隶主

不论是老泰尔克维尼乌斯

还是苏拉、凯撒、奥大维……

都是奴隶主中的奴隶主——

嗜血的猛兽、残暴的君王！

"不要做奴隶！

要做自由人！"[7]

一人号召

万人响应

为了改变自己的命运

就要捣毁万恶的斗技场；

把那些拿别人生命作赌注的人

　钉死在耻辱柱上！

奴隶的领袖

只有从奴隶中产生；

共同的命运

产生共同的思想；

共同的意志

汇成伟大的力量。

一次又一次地举起义旗

斗争的才能因失败而增长

愤怒的队伍像地中海的巨浪

淹没了宫殿，掀翻了凯旋门

[7] 诗人发出战斗的怒吼，为奴隶们争取解放的斗争而欢呼。

冲垮了斗技场，浩浩荡荡
觉醒了的人们誓用鲜血灌溉大地
建造起一个自由劳动的天堂！

如今，古罗马的大斗技场
已成了历史的遗物，像战后的废墟
沉浸在落日的余晖里，像碉堡
不得不引起我疑问和沉思：
它究竟是光荣的纪念，
还是耻辱的标志？
它是夸耀古罗马的豪华，
还是记录野蛮的统治？
它是为了博得廉价的同情，
还是谋求遥远的叹息？

时间太久了
连大理石也要哭泣；
时间太久了
连凯旋门也要低头；
奴隶社会最残忍的一幕已经过去
不义的杀戮已消失在历史的烟雾里
但它却在人类的良心上留下可耻的记忆
而且向我们披示一条真理：
血债迟早都要用血来偿还；
以别人的生命作为赌注的
就不可能得到光彩的下场。

说起来多少有些荒唐——
在当今的世界上
依然有人保留了奴隶主的思想，
他们把全人类都看作奴役的对象
整个地球是一个最大的斗技场。

1979 年 7 月，北京

赏　析

  在这首诗中，诗人不仅以犀利的笔触揭露了大斗技场的过去，而且将目光注视着现在；诗人不仅描绘了大斗技场这个特定的历史环境，以及这里所发生过的悲惨事情，而且很自然地生发开去，为诗歌注入了更深邃更广泛的含义。诗人在诗的最后，还极明确地道出了自己对现实的思考。也可以说，这正是诗人写这首诗的真正动机所在，也是这首诗的意义所在。

> **读·思**
>
> 　　概括一下诗中运用的修辞手法，品味其效果。

希 望

导读 这首诗节奏明快,语言简洁又细腻生动。诗人充分发挥了自己的想象力,把"希望"具体化,传递的道理朴素而深刻,充满希望。让我们一起来阅读这首诗歌。

[1] 本诗开篇给"希望"下了一个定义:梦的朋友,幻想的姊妹。抽象而又生动地表达了自己对希望的认知感觉。

[2] 运用比喻的修辞手法,将希望比作影子、光、风,说明希望如影随形又飘忽不定的特点。

梦的朋友
幻想的姊妹[1]

原是自己的影子
却老走在自己的前面

像光一样无形
像风一样不安定[2]

她和你之间
始终有距离

像窗外的飞鸟
像天上的流云

像河边的蝴蝶
既狡猾又美丽[3]

你上去,她就飞
你不理她,她攀你

她永远陪伴你
一直到你终止呼吸

[3] 将希望比作飞鸟、流云和蝴蝶,看似唾手可得,又遥不可及。

赏 析

在这首诗中,诗人将希望描绘得有声有色,并道出了人生真谛,那就是心中怀有希望。因为有希望,人生才会有意义。

读·思

读完本诗,你体会到了诗人怎样的思想感情?请用自己的语言写出。

镜　子

> **导读**　每个人都能从镜子中照见自己，照见自己的美，照见自己的丑。而镜子有时却因自己的真实记录，遭到毁灭。

[1] 开门见山点出镜子的特点——"真实"，进一步说明了镜子虽然是一个平面，但是却有着"深不可测"的特点。

仅只是一个平面
却又是深不可测

它最为真实[1]
决不隐瞒缺点

它忠于寻找它的人
谁都从它发现自己

或是醉后酡颜
或是鬓如霜雪

有人喜欢它
因为自己美

有人躲避它
因为它直率

甚至会有人
恨不得把它打碎

赏析

这是一首咏物的哲理诗。诗歌的结尾点明因为镜子的"真实"和"直率",所以不同的人对待镜子的方式也不同。诗的言外之意是镜子是一个折射人们心灵的工具,每个人都在用不同的行为方式反映着自己的内心世界。

读·思

世界是复杂的,镜子也许太天真了,但它却是认真的,一丝不苟地照出人生的美丑。对此,有人欢喜有人愁,你觉得镜子有什么品质?

墙

> **导读** 本诗为艾青1979年访问柏林后，在东德所作。其中浓烈地透露出艾青对东西德意识形态壁垒的愤怒隐喻以及对冷战的焦虑。

[1] 运用比喻的修辞手法，突出了墙的沉重。

一堵墙，像一把刀
把一个城市切成两半[1]
一半在东方
一半在西方

墙有多高？
有多厚？
有多长？
再高、再厚、再长
也不可能比中国的长城
更高、更厚、更长
它也只是历史的陈迹
民族的创伤

谁也不喜欢这样的墙
三米高算得了什么

五十厘米厚算得了什么

四十五公里长算得了什么

再高一千倍

再厚一千倍

再长一千倍

又怎能阻挡

天上的云彩、风、雨和阳光?

又怎能阻挡

飞鸟的翅膀和夜莺的歌唱?

又怎能阻挡

流动的水与空气?[2]

又怎能阻挡

千百万人的

比风更自由的思想?

比土地更深厚的意志?

比时间更漫长的愿望?[3]

[2] 连续运用反问,增强了气势。

[3] 诗歌最后揭示了被墙隔开的人们追求自由的愿望。

赏 析

柏林墙于1990年拆除,从此成为历史的记忆。在这首诗中,诗人运用了多种修辞,抒发了对冰冷的柏林墙的不满,肯定了人们追求自由的愿望。时至今日,"一湾浅浅的海峡"是不是也是一堵"墙"呢?

读·思

诗人为什么要拿长城和柏林墙对比?

名著导读与鉴赏丛书

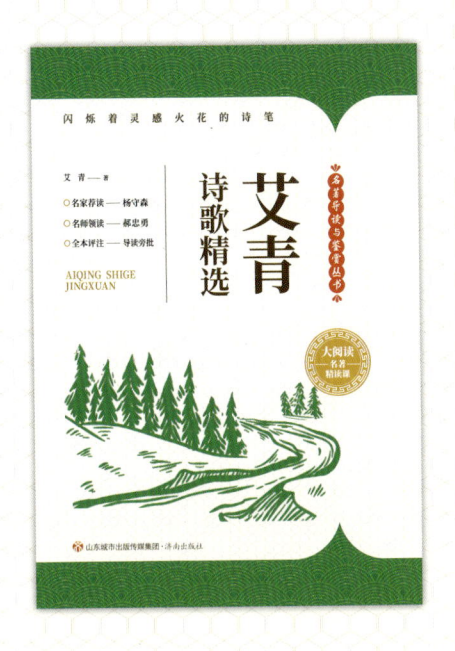

闪烁着灵感火花的诗笔

艾青 —— 著

○名家荐读——杨守森
○名师领读——郝忠勇
○全本评注——导读旁批

艾青诗歌精选

AIQING SHIGE JINGXUAN

大阅读 名著精读课

山东城市出版传媒集团·济南出版社

阅读锦囊

随书赠阅

阅读策略　情节梳理
思维导图　真题精练

山东城市出版传媒集团　济南出版社

名著导读与鉴赏丛书

艾青诗歌精选

阅读锦囊

山东城市出版传媒集团·济南出版社

目　录

经典名著阅读策略 …………………………………………… 1
怎样阅读《艾青诗歌精选》这本书 …………………………… 4
阅读检测 ……………………………………………………… 13
真题集萃 ……………………………………………………… 18

经典名著阅读策略

凡经典名著，可以适当采用精读的方式，学习勾画、圈点和批注的读书方法。"不动笔墨不读书"，勾画圈点是自古以来传统的读书辅助法。很多学问家读过的名著，因为上面留下了圈点批注而成为珍本。我们在阅读的过程中，也必须学会圈点勾画，学会做读书笔记，依据自己的习惯在重点或关键语句、精彩语句、有疑问处、深有体会处等，用自己熟悉的不同的标记，随手做一些圈点勾画。

一、如何选择勾画、圈点和批注的内容？

1. 不认识的字词等知识性内容。

2. 文章的重点、难点、疑点：

（1）精彩的有欣赏和鉴赏价值的优美的句子和片段，在写作手法上有独到之处的词句篇章。

（2）能给人心智以启迪的哲理深刻的句子。

（3）有潜台词的、有着言外之意的内涵丰富的句子。

（4）反复出现、对于文章表情达意起着关键作用的句子。

（5）叙事或者议论的前后有关联的地方，显示文章时间、空间、人物、事件关联的词句，需要标注清楚其内在的逻辑关系。

二、如何勾画、圈点和批注？

每个同学都有各自喜好的标注方式。有人喜欢用不同颜色的标注笔在图书上勾画，使读过的书显得五彩缤纷，而每种颜色所代表的意义自己了然于胸。有人喜欢用不同的符号标注，虽然颜色单一，但是各种标注符号显示了读者多角度多层面的收获；当然，标注符号不宜过多，多了就容易滥。

1. 圈点勾画常用以下几种符号：

符号	含义
○	圈点关键性的词语或者内容
∘∘∘	标注陌生的字词或者修辞独到之处
??	标注文中的疑点或不理解之处
△	标注重点词语
☆	标注需要摘抄或者需要背诵的重要内容
～～	标注文章的关键句或者主旨句等

2. 要区别各种数字的用法：

符号	含义
一、二、三	用来标注第一层分类
（一）（二）（三）	用来标注第二层分类
1. 2. 3. 和 ①②③	用来标注第三或第四层分类
//	用来划分不同的层次

无论是用多种颜色的笔还是用不同的符号批注，都要简单明了，确定好各自代表的固定意义。批注的内容一般在圈点勾画的内容相对应的书页左侧或右侧，当然如果批注的内容很多，也可以写在便利贴上粘贴在书页中。

三、如何做批注？

文字批注的主要类型有：评文字、释意思、析含义、议内容、谈感想、存疑问、做补充、评特色等。做批注不仅能帮助我们深入理解文本、把握文章主旨、养成边读边思考的习惯，还有利于培养我们的写作能力。具体可分为：

1. 感想式批注

在阅读别人的文章时，我们往往会受到触动，产生精彩的想法，这是我们个人独立思考所得，要及时记录下来。这是体现自身感受的笔录。

2. 质疑式批注

学贵有疑。有了疑问，带着问题读书，才能读进去，真正地走入文本，与文本、与作者进行对话。

质疑力的高低反映了阅读者对文本理解思考的程度。质疑式批注是培养我们发现问题能力的途径，也是学习过程中的知识建构和思维创造。

3. 联想式批注

联想与想象能力是语文素养的一种。读书时要能够由此及彼，进行联想与想象，自觉地由文内迁移到文外。这种阅读方法有利于我们的知识迁移能力、信息归类整合能力的提升。

4. 评价式批注

即对阅读做出或褒或贬的评价，这种评价是基于阅读体验而来的，这种评价式阅读能极大地调动我们阅读的积极性。

5. 补充式批注

即顺着作者的思路，依照作者的写法，为作者做补充，也可以称仿写、续写。这样可以活跃阅读思维，打开阅读视野，学习作者的写作方法，提高写作能力。

怎样阅读《艾青诗歌精选》这本书

揣摩"黎明",品味"太阳"

诗歌的阅读,与小说的阅读有一定的区别:小说的阅读,重要的是把握故事情节、分析人物形象、揭示作品主题,尤其是长篇小说的阅读,我们大多会采用快读甚至是跳读的方法;而诗歌的阅读,重要的是把握诗歌的意象、品味诗歌的语言、感受诗歌的情感、体会诗歌的理性之美。因此,诗歌的阅读,需要我们能静下来、慢下来,需要我们浅唱低吟、细品慢思。

一、知人论世

所有的文学作品,都是特定时代的产物。或者说,文学作品是作者与时代所碰撞出来的思想火花。唐诗宋词,明清小说,民国杂文,莫不如此。阅读《艾青诗歌精选》,我们也得从诗人所处的特定年代、所经的人生阅历着手,因为生活是诗歌的创作源头,尤其是一些关键人、一些特别事,往往更能触发诗人的创作灵感和写作激情。

艾青,原名蒋正涵,1910 年 3 月 27 日出生于浙江金华畈田蒋村的一个封建地主家庭,自幼由一位被称为"大堰河"的贫苦农妇养育到 5 岁。

这一段人生经历，在《大堰河——我的保姆》一诗中讲得很清楚。比如：

"我是地主的儿子；也是吃了大堰河的奶而长大了的大堰河的儿子。"

"我是地主的儿子，在我吃光了你大堰河的奶之后，我被生我的父母领回到自己的家里。"

大概是因为这一段特殊的人生经历，艾青自幼便养成了自由叛逆的个性。这种个性在《我的父亲》和《少年行》两首诗里表现得很清晰。比如：

"但是我忤逆了他的愿望，并没有动身回到家乡，我害怕一个家庭交给我的责任，会毁坏我年轻的生命。"

"地主们都希望儿子能发财，做官，他们要儿子念经济与法律；而我却用画笔蘸了颜色，去涂抹一张风景，和一个勤劳的农人。"

"而当我临走时，他送我到村边，我不敢用脑子去想一想他交给我和希望的重量，我的心只是催促着自己：'快些离开吧——这可怜的田野，这卑微的村庄，去孤独地漂泊，去自由地流浪！'"

"父亲把大洋五块五块地数好，用红纸包了交给我而且教训我！而我却完全想着另外的一些事，想着那闪着强烈的光芒的海港。"

当然，这种叛逆，不仅仅是对家庭、对父亲的叛逆，更多的是对时代的"叛逆"。

1928年中学毕业后，艾青考入国立杭州西湖艺术院，并在林风眠校长的鼓励下到巴黎勤工俭学，学习绘画，接触欧洲现代派诗歌——这便是上文提到的"我却用画笔蘸了颜色"，期间还创作了《当黎明穿上了白衣》《阳光在远处》等诗歌。这两首诗，差不多都是纯粹的自然景色的描写，显得清新而轻松。

1932年初回国，艾青在上海加入中国左翼美术家联盟，从事革命文艺活动，但不久被捕。在狱中，他写下了《窗》《透明的夜》《大堰河——

我的保姆》《芦笛》《马赛》《铁窗里》《画者的行吟》《我的季候》《黎明》《九百个》《晨歌》《小黑手》等诗篇。这些诗歌，大多是表现对黑暗的诅咒和对自由的渴望。

1935年艾青出狱，翌年出版了第一本诗集《大堰河》。抗日战争爆发后，艾青任《文艺阵地》编委、育才学校文学系主任等，写下了《梦》《春雨》《太阳》《煤》《春》《黎明》《复活的土地》《他起来了》《雪落在中国的土地上》《向太阳》《我爱这土地》等诗篇。这一阶段的作品，主要表现对祖国命运的忧患，表达自己的战斗激情。

1941年3月，艾青奔赴延安，任《诗刊》主编。此时，他深受全国人民抗日精神的感染，写下了《我的父亲》《少年行》《秋天的早晨》《时代》《太阳的话》《给太阳》《河边诗草》《献给乡村的诗》等作品。这个期间的诗歌，一方面歌颂革命根据地的新生活，另一方面则通过诗作呼唤人们投入战斗，心怀理想，创造幸福。

1949年后，艾青满怀激情，用诗作迎接新时代，比如《新的时代冒着风雪来了》《礁石》《启明星》《鸽哨》《帐篷》等。这时候的作品主要是歌颂新时代，建设新社会。同时，因为经常出国访问，也有一些国际题材的作品，比如《给乌兰诺娃》《年轻的母亲》《写在彩色纸条上的诗》等。

1957年艾青被错划为右派，蛰居边疆长达18年之久，直到1976年重新执笔。此时，虽然年近古稀，但诗人重新进入了一个创作高潮期，写下《鱼化石》《光的赞歌》等作品。这一时期的作品，是诗人历经沧桑后的生命感悟与豁达。1985年，艾青获法国文学艺术最高勋章。他的创作一直持续到1988年才慢慢停止。

1996年5月5日，艾青因病逝世，享年86岁。艾青的一生，是创作的一生，是战斗的一生。有人将他的诗歌绘制了一个"思维坐标"，我们不妨参照阅读，并将其补充完整。

……
发表《黎明的通知》(1942)

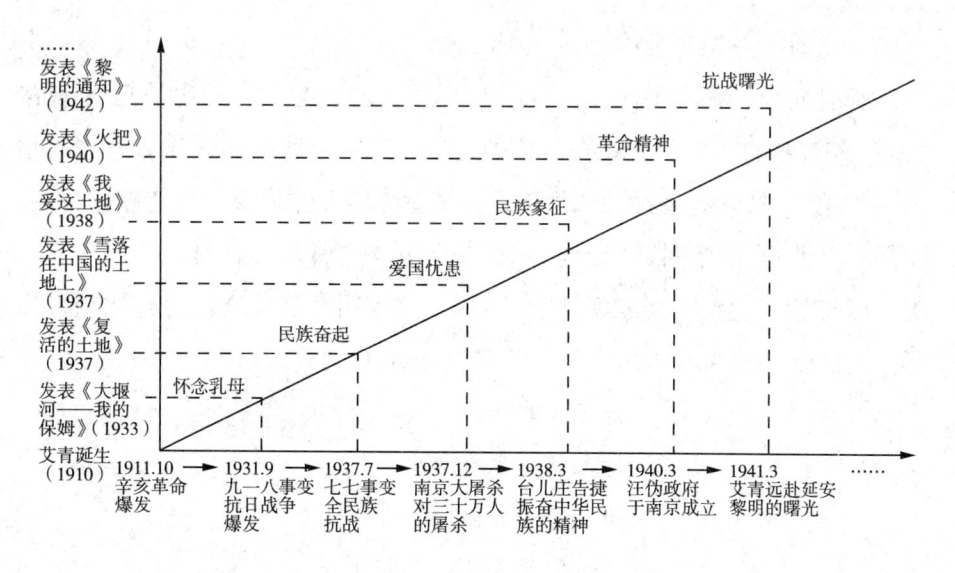

发表《火把》(1940)

发表《我爱这土地》(1938)

发表《雪落在中国的土地上》(1937)

发表《复活的土地》(1937)

发表《大堰河——我的保姆》(1933)

艾青诞生(1910)

怀念乳母　民族奋起　爱国忧患　民族象征　革命精神　抗战曙光

1911.10　1931.9　1937.7　1937.12　1938.3　1940.3　1941.3　……
辛亥革命爆发　九一八事变抗日战争爆发　七七事变全民族抗战　南京大屠杀对三十万人的屠杀　台儿庄告捷振奋中华民族的精神　汪伪政府于南京成立　艾青远赴延安黎明的曙光

二、阅读计划

凡事预则立，不预则废。厚厚的一本《艾青诗歌精选》拿来，在阅读之前，我们不妨先规划一下：准备多长时间读完。比如，本书共收录了艾青的40首诗歌。准备阅读时，我们可以根据个人实际情况，采用两种方法来规划。

一种是按数量来定量。比如，我们计划每天读5首，那么，全书可用8天时间读完；每天读2首，全书则需要半个多月的时间来读完。

一种是按年代来定量。比如，第一周，阅读三十年代的诗歌（共13首）；第二周，阅读四十年代的诗歌（共13首）；第三周，阅读五十年代的诗歌（共6首）；第四周，阅读七十年代的诗歌（共8首）。这样，全书阅读需要四周时间来完成。

三、揣摩意象

"意""象""言"，是文学作品的"三维码"。创作文学作品，是作者将心中之"意"，首先转换成意中之"象"，然后再形成笔下之"言"的过程；而欣赏文学作品，则是根据作者的笔下之"言"和文中之"象"，来体察作者心中之"意"的过程。当然，我们通常把"意""象"二字联合成"意象"一词来表达。

所谓意象，简单地说，就是寓"意"之"象"，也就是把主观的"意"和客观的"象"相结合。这种意象，实际上就是融入作者思想感情的"物象"，即含有某种特殊含义或文学意味的具体形象。从诗歌的标题，我们可以看到，"黎明""土地""太阳"是艾青常用的意象。

1. **黎明**。包括《当黎明穿上了白衣》《黎明》（2首）、《黎明的通知》等。我们以《黎明的通知》为例，略做分析。

> 为了我的祈愿
> 诗人啊，你起来吧
> 而且请你告诉他们
> 说他们所等待的已经要来
> 说我已踏着露水而来
> 已借着最后一颗星的照引而来
>
> 我从东方来
> 从汹涌着波涛的海上来
> 我将带光明给世界
> 又将带温暖给人类
> 借你正直人的嘴
> 请带去我的消息
> ……

在这首诗里，"黎明"是什么？黎明是白日的先驱，是光明的使者，是温暖的阳光，是希望的田野。结合时代背景，我们可以知道，"黎明"在诗中象征革命的胜利，全国的解放。

2. **土地**。包括《死地》《复活的土地》《雪落在中国的土地上》《我爱这土地》《我们的田地》《低洼地》《土地》《狂野》等。下面我们以《我爱这土地》为例分析"土地"这个意象。

> 假如我是一只鸟，
> 我也应该用嘶哑的喉咙歌唱：

> 这被暴风雨所打击着的土地,
> 这永远汹涌着我们的悲愤的河流,
> 这无止息地吹刮着的激怒的风,
> 和那来自林间的无比温柔的黎明……
> ——然后我死了,
> 连羽毛也腐烂在土地里面。
>
> 为什么我的眼里常含泪水?
> 因为我对这土地爱得深沉……
>
> 1938 年 11 月 17 日

在这里,诗中的意象有许多,首先是鸟,一只用嘶哑的喉咙歌唱的鸟,一只连羽毛也腐烂在土地里面的鸟,一只眼里常含着泪水的鸟;其次是土地,被暴风雨所打击着的土地,永远汹涌着我们的悲愤的土地。这里的意象还有河流、风和黎明等。土地是什么?土地是家园,土地是祖国,土地是生于斯、歌于斯、葬于斯的永恒皈依。诗人借这些意象,表达了作者身为一个中国人应有的一种刻骨铭心、至死不渝的爱国之情。

3. **太阳**。包括《阳光在远处》《太阳》(2 首)、《向太阳》《太阳的话》《给太阳》等。下面,我们以《太阳》(1937 年)为例,来看看"太阳"的含义。

> 从远古的墓茔/从黑暗的年代/从人类死亡之流的那边/震惊沉睡的山脉/若火轮飞旋于沙丘之上/太阳向我滚来……
>
> 它以难掩的光芒/使生命呼吸/使高树繁枝向它舞蹈/使河流带着狂歌奔向它去
>
> 当它来时,我听见/冬蛰的虫蛹转动于地下/群众在旷场上高声说话/城市从远方/用电力与钢铁召唤它
>
> 于是我的心胸/被火焰之手撕开/陈腐的灵魂/搁弃在河畔/我乃有对于人类再生之确信
>
> 1937 年春

1937年，中国处于大变革的历史时期。此时，两股力量相互较量。一方是国民党反动派与外国侵略者同流合污，要把中国推入黑暗深渊；一方是革命者与人民群众要打碎这个黑暗迂腐的旧世界，建立一个光明自由的新时代。该诗把中国革命的历史潮流比作"太阳"，赋予恢宏的气势和磅礴的力量，以此表明历史的车轮是无法阻挡的，光明的未来是必将到来的。在阳光的照耀下，"冬蛰的虫蛹转动于地下/群众在旷场上高声说话"，意味着中国已开始进入万物复苏、人民自由的历史阶段。作者借"太阳"这一意象，来讴歌时代，呼唤同胞，一起投入革命，拥抱未来。

此外，诗人还把"窗""月""雨""煤""雪""桥""村庄""火把"等事物作为意象，以此来表达自己在特定时期的某种情思。这里不做细说，读者可结合具体诗歌自我品析。

四、品味语言

艾青的诗，总体来说比较好懂。因为许多诗篇都是以叙事为主，而且语言也比较直白；诗人所用的意象，从上文可以看出，也比较明朗。作为整本书的阅读，我们也许不太可能把每首诗都拿来细细品味，但应当把自己比较心动的诗句，或是比较有感的词语，做一些勾画与批注，这对我们提升语文素养，提升审美情趣，是很有帮助的。

品味语言，我们可以从两个方面着手：一是分析手法（修辞手法、表达方式、写作技法等）的作用，二是体会词句的精妙。下面，我们以《街》为例，略做点评。

> 我曾在这条街上住过——
> 同住的全是被烽火所驱赶的人们：
> 女的怀着孕，男的病了，老人呛咳着
> 老妇在保育着婴孩……

（点评：烽火，即战争。运用排比的手法，客观描摹因为战争让女的、男的、老人、老妇们一个个背井离乡，饱受折磨，使得这条街满眼都是老弱病残，毫无生机。）

每个日子都在慌乱里过去；

无数的人由于卡车装送到这小城，

街上拥挤着难民，伤兵，失学的青年，

耳边浮过各种不同的方言；

（点评："慌乱"一词点出了当时人们的普遍心理状态；"各种不同的方言"表明难民、伤兵、失学的青年来自四面八方，也就是说战争并非某个局部。）

街变了，战争使它一天天繁荣：

两旁摆满了各式各样的货摊，

豆腐店改为饭店，杂货铺变成了旅馆，

我家对面的房子充作医院。

（点评："繁荣"一词耐人寻味，街道貌似繁荣，实则不堪，繁荣乃是一种假象。"货摊""饭店""旅馆""医院"这一组排比，渲染了这条街的杂乱无章；尤其是"医院"句表明了难民们已是伤痕累累。）

一天，成队黑翼遮满这小城的上空，

一阵轰响给这小城以痛苦的痉挛；

敌人撒下的毒火毁灭了街——

半个城市留下一片荒凉

（点评："成队黑翼"借指敌人战机，一个"黑"字令人恐怖；"痛苦的痉挛"，运用拟人的手法，写出了这座小城被轰炸后深受重创；一个"撒"字表明了敌人的心狠手辣。）

看：房子被揭去了屋盖，

墙和墙失去了联络，

井被塞满了瓦砾，

屋柱被烧成了焦炭。

（点评：一组排比句，渲染了小城被敌机轰炸后，残垣断壁，惨不忍睹；揭示了战争给人们带来的深重灾难。）

人们都在悲痛中散光了，

(谁愿意知道他们到哪儿去?)

但是我却看见过一个,

那曾和我住在同院子的少女——

(点评:括号里的一个反问句,道出了战火中的人们十分无奈:谁愿意知道他们到哪儿去呢?他们又能到哪儿去呢?该节的后两句留下了悬念。)

她在另一条街上走过,

那么愉快地向我招呼

——头发剪短了,绑了裹腿,

她已穿上草绿色的军装了!

(点评:"愉快"似乎与当时的情势有些反常,但让人精神振奋;再通过外貌的描写,表现了这位刚刚参军入伍的女兵良好的精神状态。)

这首诗,通过对一条街、一座城、一群人的刻画,表现了战争给桂林、给中国留下了满目疮痍,给老百姓造成了深重灾难。这种写作方法,便是"以小见大",给读者留下了无限的想象空间,让读者对敌人怀有深深的痛恨之情。该诗的最后一节,其实也是在"以小见大",从一个新女兵的身上,体现出中国工农革命军的昂扬斗志和蓬勃朝气。

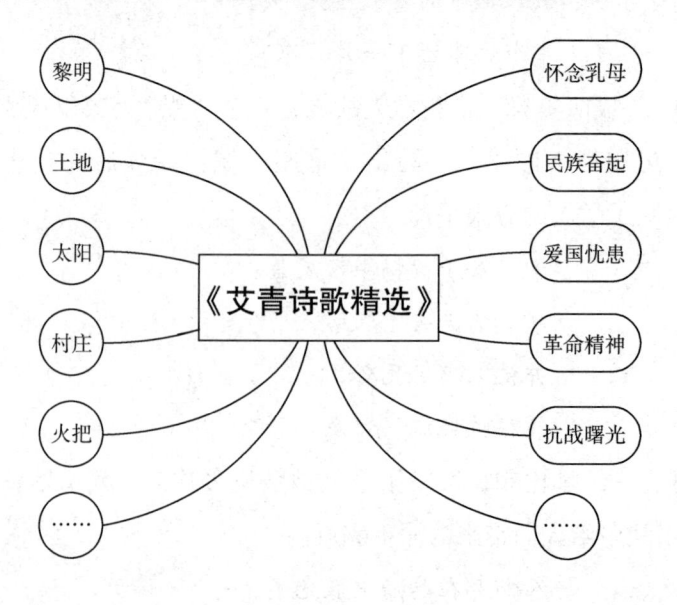

《艾青诗歌精选》
- 黎明
- 土地
- 太阳
- 村庄
- 火把
- ……
- 怀念乳母
- 民族奋起
- 爱国忧患
- 革命精神
- 抗战曙光
- ……

阅读检测

一 徐志摩"完全诗意的信仰",让他最终等到了彩虹;保尔为人类解放而斗争的信仰,使他成为钢铁战士。信仰,是人永恒的精神支柱。同学们在红船边重读经典,开展以"信仰"为主题的阅读活动。

请你从下列名著中任选一部,说说你从作品中读出了作家或人物怎样的信仰,并结合名著的特点和相关内容阐述你运用了怎样的阅读方法。

《艾青诗歌精选》　　《红星照耀中国》　　《西游记》

二 家国情怀是一个人对自己国家和民族所表现出来的深情大爱,《艾青诗歌精选》和《傅雷家书》都体现了这一主题。请在两部作品中任选一部,结合作品内容分析是如何体现家国情怀的。

要求:《艾青诗歌精选》举出具体篇目(不少于两首);《傅雷家书》结合具体内容。100字左右。

三 班级拟开展"走进名著,与作者对话"综合性学习活动,请从下面"专题探究"中选择一个专题,以"一位忠实的读者"的名义,给作者写一封信,交流你的探究成果,字数200左右。

【专题探究】

专题一:孙悟空的"不变"(《西游记》)

艾青诗歌精选

专题二：跟法布尔学观察（《昆虫记》）

专题三：探讨诗歌的意象（《艾青诗歌精选》）

四 艾青是"土地的歌者"。请你从《艾青诗歌精选》中列举出三首以"土地"为意象的诗歌，并分析其中一首诗里"土地"意象的作用。

五 阅读名著，要有合适的关注点，如下表所列。参照示例，选择一项举例分析。

序号	作品	关注点
①	《朝花夕拾》	"回忆中的我"和"写作时的我"两种叙述视角表达的不同情感
②	《名人传》	传主的典型事例反映的精神品质
③	《艾青诗歌精选》	意象的鲜明特点及其表达的情感

【示例】《昆虫记》：科普作品的科学性和文学性。如写蝉蜕壳时皮从背上裂开等内容，观察仔细，描述准确，具有科学性；蜕壳之后，蝉享受阳光和空气，语言生动，富有文学性。

六 综合性学习

为了让同学们更好地了解现代诗歌，九年级（1）班举办了"轻叩诗歌的大门"综合性学习活动。请你一起参加。

1. 为了开展好这次活动，班委会拟定了两个活动项目，请你再补充两个。

①搜集喜欢的诗歌　　　　　　②整理搜集的诗歌
③_____　　　　　④_____

2. 下面是一位同学设计的"我最喜爱的诗歌"推荐表，请将表格填写完整。

诗歌（长的诗可以只填诗歌题目和作者）	推荐理由
礁　石 一个浪，一个浪， 无休止地扑过来， 每一个浪都在它脚下 被打成碎沫、散开…… 它的脸上和身上 像刀砍过的一样 但它依然站在那里 含着微笑，看着海洋……	

七 杨匡汉在《艾青评传》中说："对于艾青来说，太阳、火把、诗和他同在！"结合《艾青诗歌精选》，谈谈你对这句话的理解。

参考答案

一、示例：我选《艾青诗歌精选》。从作品中我读出了诗人为共产主义事业而奋斗的崇高的共产主义信念。阅读时，可以抓住重点意象进行精读，圈画出重点词句，细细品味诗歌的语言和情感，或者有感情地诵读，认真做好摘抄和批注，体会诗人的爱国情怀。如《我爱这土地》《复活的土地》《雪落在中国的土地上》等诗歌，以"土地"为主要意象，表达了诗人悲悯下层人民的困苦，忧伤祖国的命运，体现了他崇高的信仰。

二、示例：我选《艾青诗歌精选》。《大堰河——我的保姆》中作者一方面写自己对乳母的感情，另一方面把人民栖息的"土地"作为一种意象，表达了诗人希望中国人民能够团结一致，继而为自己的祖国尽一份力的愿望。《黎明的通知》中作者化身成光明的使者，为祖国大地带去胜利的消息，让所有的人民都被唤醒，争相传递这条喜讯。这两首诗将家国情怀表露得淋漓尽致。

三、解析：本题考查名著阅读和书信撰写，相较于常见的名著推荐语、情节填空、名著人物分析等题型来说，要更加具有综合性。给出的三个专题，划定了选择范围，学生可根据对名著的了解情况（主要人物、作者、部分内容）进行选择。注意题目要求：采用书信体，字数200字左右，收信方为名著作者，写信方即落款名应为"一位忠实的读者"。切忌出现真实的人名、校名。

示例：

尊敬的艾青先生：

您好！我是您的一位忠实读者，最近拜读了您的作品《艾青诗歌精选》，收获良多！

我很喜欢您的诗作风格，尤其对您诗作中竭力讴歌的意象"土地与太阳"印象颇深。

您在诗作中赞美"土地"，表达了对"大地母亲的热爱，对勤劳的中国人民的赞扬，以及对美好生活的向往"。令我无限憧憬。

您在诗作中赞美"太阳"，表达了对希望、光明、理想、美好生活的热烈的不息的追求。令我热血沸腾，志气高昂。

感谢您为我们带来了这么多优秀的作品，让我们看到您对生活的态度，也让我们学会了热爱生活，全心全意投入生活中去并为之奋斗。

　　此致

　　敬礼！

一位忠实的读者
×年×月×日

四、《我爱这土地》《雪落在中国的土地上》《复活的土地》。在《我爱这土地》一诗中，诗人以"土地"象征贫穷落后、多灾多难的祖国，凝聚着诗人对祖国，对人民最深沉的爱。

五、示例：选择③。诗人创造了"太阳""火把""光"等明朗、热烈的意象，表达驱逐黑暗、争取胜利的美好愿望。

六、1. 举行诗歌朗诵会　开展诗歌知识竞赛

　　2. 全诗采用了象征的艺术手法，通过对自然景物的描写歌咏，寄寓了深沉的生活哲理内涵。诗歌形象明朗纯净，洋溢着一种昂扬奋发的乐观情绪。

七、艾青的很多诗都以太阳、光、火等作为诗歌意象，如《火把》《向太阳》等。他的作品感情充沛、催人奋进，像太阳一样有着永恒的魅力，像火把一样给人温暖，照亮人们前进的道路。如《火把》，诗中跳跃着像火把一样燃烧的热情，不仅鼓舞人们寻找方向，而且照亮了作者自己的革命道路。

真题集萃

一 阅读下面的文字，按要求作答。

在你搭好了灶火之后/在你拍去了围裙上的炭灰之后/在你尝到饭已煮熟了之后/在你把乌黑的酱碗放到乌黑的桌子上之后/在你补好了儿子们的为山腰的荆棘扯破的衣服之后/在你把小儿被柴刀砍伤了的手包好之后/在你把夫儿们的衬衣上的虱子一颗颗地掐死之后/在你拿起了今天的第一颗鸡蛋之后/你用你厚大的手掌把我抱在怀里，抚摸我

1. 选文出自中国现当代文学史上著名诗人_____的成名作《大堰河——我的保姆》。

2. 结合以上诗句，简要谈谈如何品读现代诗歌。

二 选择题。

1. 如果要编一本《爱与痛的诗行——艾青诗选》，下面四首艾青不同时期的代表作，哪两首更适合入选？（　　）

A. 《鱼化石》　　　　　　　B. 《北方》

C. 《刈草的孩子》　　　　　D. 《我爱这土地》

2. 根据你对艾青诗歌的了解，选出不是评论艾青诗歌的一项（　　）

A. 这是一首长诗，用沉郁的笔调细写了乳娘兼女佣（"大堰河"）的

生活痛苦……我不能不喜欢《大堰河》。 ——茅盾

B. 归真返璞，我爱好他的朴素、平实，爱读他那用平凡的语言，自由的格式，不事雕琢地写出的激动人心的诗篇。 ——唐弢

C. 他的诗把我们从怀疑、贪婪的罪恶的世界，带到秀嫩天真的儿童的新月之国里去……它能使我们在心里重温着在海滨以贝壳为餐具，以落叶为舟，以绿草上的露点为圆珠的儿童的梦。 ——郑振铎

D. 在国难当头的年代，诗人歌唱的"土地"具有格外动人的力量，而诗人那种不断转折和强化的抒情方式，当然也是和充满险阻坎坷的时代相吻合的。 ——孙光萱

3. 下面对《艾青诗歌精选》内容的表述不正确的一项是（　　）

A. 《礁石》中"含着微笑，看着海洋"的礁石，象征着坚韧不拔、高傲自负的人们。

B. 从"活着就要斗争，在斗争中前进"可以体会到诗人对革命的崇高热情、不懈努力，以及为革命奉献生命的伟大思想感情。

C. "在死亡没有来临，把能量发挥干净"这两句可以看出诗人对生命的热爱，对生命的赞叹、赞赏，以及奉献自己、贡献力量的伟大情怀。

D. "然后我死了，连羽毛也腐烂在土地里面"，这两句诗形象而充分地表达了诗人对土地的眷恋，而且隐含献身之意。

4. 下列有关名著的表述正确的两项是（　　）

A. 《骆驼祥子》中虎妞难产而死后，虽然小福子愿意与祥子过日子，但祥子因负不起养她两个弟弟和一个醉爸爸的责任，狠心拒绝了她。

B. 《西游记》第七十六回中，悟空故意不扯救命索，让八戒被二魔象怪卷走，气得三藏大骂悟空无情无义，这体现了悟空自私狭隘的一面。

C. 法布尔的《昆虫记》是研究昆虫的科普巨著，透过昆虫世界折射出关于人类社会与人生的思考。语言平实，通俗易懂，但缺少幽默感。

D. 《艾青诗歌精选》主题鲜明，意象丰富。其中"土地"凝聚着诗人对祖国母亲最深沉的爱，"太阳"表现了诗人对光明、希望的追求和向往。

E. 《水浒传》善用"穿针引线"的方式构思情节，如晁盖派吴用报恩，引出宋江杀阎婆惜的故事；宋江避难柴进庄园，又引出武松的故事。

三 阅读《太阳》片段，回答问题。

它以难掩的光芒
使生命呼吸
使高树繁枝向它舞蹈
使河流带着狂歌奔向它去

当它来时，我听见
冬蛰的虫蛹转动于地下
群众在旷场上高声说话
城市从远方
用电力与钢铁召唤它

诗中的"它"指的是＿＿＿＿＿＿。本诗蕴含着诗人艾青对＿＿＿＿＿＿＿＿的向往和追求。

四 阅读《黎明的通知》的选段，回答问题。

①为了我的祈愿
　　诗人啊，你起来吧
②而且请你告诉他们
　　说他们所等待的已经要来

③说我已踏着露水而来

　　已借着最后一颗星的照引而来

④我从东方来

　　从汹涌着波涛的海上来

⑤我将带光明给世界

　　又将带温暖给人类

⑥借你正直人的嘴

　　请带去我的消息

⑦通知眼睛被渴望所灼痛的人类

　　和远方的沉浸在苦难里的城市和村庄

⑧请他们来欢迎我——

1. 用文中原话回答，"黎明"的任务是_____，诗人的任务是_____。

2. 借助联想和想象来理解③④两节的意境，并填空。

"露水""最后一颗星"形象地表明了"黎明"到来的_____，"东方""海上"则具体说明了"黎明"到来的_____，"汹涌着波涛"则说明了"黎明"历经_____而来的情状。

3. 简要分析"通知眼睛被渴望所灼痛的人类/和远方的沉浸在苦难里的城市和村庄"的含义。

五 阅读《大堰河——我的保姆》的选段，回答问题。

①我是地主的儿子；

　　也是吃了大堰河的奶而长大了的

　　大堰河的儿子。

　　大堰河以养育我而养育她的家，

　　而我，是吃了你的奶而被养育了的，

大堰河啊，我的保姆。

②大堰河，今天我看到雪使我想起了你：

你的被雪压着的草盖的坟墓，

你的关闭了的故居檐头的枯死的瓦菲，

你的被典押了的一丈平方的园地，

你的门前的长了青苔的石椅，

大堰河，今天我看到雪使我想起了你。

1. "我"既是地主的儿子，又是大堰河的儿子，这样说是否矛盾？为什么？

2. 第②节中写了哪些意象？有什么作用？

六　阅读《树》，回答问题。

一棵树，一棵树

彼此孤立地兀立着

风与空气

告诉着它们的距离

但是在泥土的覆盖下

它们的根伸长着

在看不见的深处

它们把根须纠缠在一起

下列关于上面的诗歌的理解与分析，说法错误的一项是（　　）

A. "树"象征着那些在抗日战争时期不屈于敌人的威逼利诱，顽强抗争，紧密团结在一起的革命者们。他们正如诗中的"树"——虽"彼此孤立地兀立着"，但"在看不见的深处/它们把根须纠缠在一起"。

B. 这首诗热情赞美了革命者的刚正不屈,坚强勇敢,团结互助,心系祖国的革命精神,鼓舞着人们肩负起解救国家的重任。

C. 写法上,这首诗运用了比喻的手法,写地面上树的间隔,地下根须的纠缠,更加体现了革命者们在敌人的威胁下不出卖同伴的坚定信念,爱国之心紧密相连。

D. 本诗的动词生动地表现出革命者的神态与行为,如"兀立""伸长""纠缠"等词语。

七 阅读《礁石》,回答问题。

一个浪,一个浪,
无休止地扑过来,
每一个浪都在它脚下
被打成碎沫、散开……
它的脸上和身上
像刀砍过的一样
但它依然站在那里
含着微笑,看着海洋……

1. 诗中的"礁石"象征了什么?

2. 全诗运用了哪些修辞手法?

3. 这首诗的主旨是什么?

4. 从内容和形式上分析一下本诗的写作特点。

八 阅读《煤的对话》，回答问题。

你住在哪里？

我住在万年的深山里
我住在万年的岩石里

你的年纪——

我的年纪比山的更大
比岩石的更大

你从什么时候沉默的？

从恐龙统治了森林的年代
从地壳第一次震动的年代

你已死在过深的怨愤里了么？

死？不，不，我还活着——
请给我以火，给我以火！

1. 结合这首诗的主旨，说说诗人为什么以煤作为意象。

2. 有人评价这首诗的艺术特点时说："强烈的反差，激起读者感情的波澜。"对此，你是怎样认识的？

九　（朗诵诗歌）《艾青诗歌精选》是课本名著导读里要求阅读的书籍，在这次建党100周年活动上，你将朗诵一首艾青的诗。请你从下列诗句中，选出不是艾青创作的一项（　　）

A. 所有的叶是这一片/所有的花是这一朵/繁多是个谎言/因为一切果实并无差异。

B. 大堰河/是我的保姆/她的名字就是生她的村庄的名字/她是童养媳/大堰河/是我的保姆。

C. 中国的路/是如此的崎岖/是如此的泥泞呀/雪落在中国的土地上/寒冷在封锁着中国呀……

D. 连羽毛也腐烂在土地里面/为什么我的眼里常含泪水/因为我对这土地爱得深沉……

参考答案

一、1. 艾青

2. 诗人运用排比、反复的修辞手法，写出了大堰河的辛劳以及对"我"的疼爱，表达了"我"对大堰河的思念。

二、1. BD　2. C　3. A　4. AD

三、太阳；光明（或未来）

四、1. 我将带光明给世界/又将带温暖给人类；告诉他们/说他们所等待的已经要来。

2. 时间；方位地点；迢迢长路和惊涛骇浪

3. 诗人希望借助黎明的通知，去打破反动派对敌占区人民的蒙蔽和谎骗，扫除萦绕在那些人们心头的迷雾、悲观论，让所有正遭受着苦难的人民立即行动起来，准备迎接这"白日的先驱，光明的使者"——黎明。

五、1. 不矛盾。在诗歌中，"我"是被自己的地主父亲送到"大堰河"手中的，在父母心里"我"是个不祥之人，在他们那儿，"我"没有享受过父母对孩子的宠爱，甚至后来"我"回家后，觉得自己是做了父母家的新客。而在"大堰河"那儿，"我"却感受到了父母般的爱，"大堰河"也将"我"当作亲生儿子，她做着吃乳儿婚酒的梦，这也表现出"我"对"大堰河"如对母亲般的爱。

2. 写了雪、坟墓、瓦菲、园地、石椅这些意象，让人感觉很悲伤，也透露出"我"对"大堰河"的愧疚。

六、C

七、
1. "礁石"象征了敢于面对一切厄运而又顽强不屈的人。

2. 拟人、比喻、对偶。

3. 热情歌颂了面对厄运，仍然坚强不屈的乐观精神与豁达的胸襟。

4. 内容上：《礁石》用一种具体可感的形象表现了坚强刚毅的精神。不具体描形而是重在绘神，写出了一种永存的景象。诗中修辞方法多种，又重在拟人，意蕴回味悠长。形式上：全诗节律自由，语言灵活。

八、
1. 煤深藏在地下，热能巨大，一旦燃烧便烈火熊熊，它的这一特点和被压迫民族有着某些相似点，因此以煤作为这首诗歌的意象十分妥帖。

2. "强烈的反差"指作者平静的问话与煤炽热如火的回答之间的一冷一热的反差，这样写，用"我"的冷静反衬煤的热烈，使煤的自白给人以强烈的感染力。

九、A

阅读锦囊